ILÍADA

Dados Internacionais de Catalogação na Publicação (CIP)
(Câmara Brasileira do Livro, SP, Brasil)

McCarty, Nick
 Ilíada / Homero; adaptação de Nick McCarty;
ilustrado por Victor Ambrus; traduzido por Luiz Antonio
Aguiar. – São Paulo: Editora Melhoramentos, 2006. –
(Clássicos ilustrados)

Título original: The Iliad
ISBN 85-06-04117-1

1. Literatura infantojuvenil 2. Mitologia
grega (Literatura infantojuvenil) I. Homero.
II. Ambrus, Victor. III. Título. IV. Série.

06-5355   CDD-028.5

Índices para catálogo sistemático:
1. Ilíada: Mitologia grega: Literatura infantil   028.5
2. Ilíada: Mitologia grega: Literatura infantojuvenil   028.5

Edição revisada conforme o Acordo Ortográfico da Língua Portuguesa

Adaptação: Nick McCarty
Tradução: Luiz Antonio Aguiar
Ilustrações: Victor Ambrus
Projeto gráfico de capa e miolo: Estúdio Bogari

Título original em inglês: The Iliad
© Victor Ambrus 1997

Publicado originalmente por Kingfisher Publications Plc

Todos os direitos reservados:
© 2006, 2010 Editora Melhoramentos Ltda.

2.ª edição, 29.ª impressão, setembro de 2023
ISBN: 978-85-06-06094-0

Atendimento ao consumidor:
Caixa Postal 169 – CEP 01031-970
São Paulo – SP – Brasil
Tel.: (11) 3874-0880
www.editoramelhoramentos.com.br
sac@melhoramentos.com.br

Impresso no Brasil

ILÍADA

Adaptação
Nick McCarty

Ilustrações
Victor Ambrus

Tradução
Luiz Antonio Aguiar

≡ Editora **Melhoramentos**

SUMÁRIO

PRÓLOGO	7
A FÚRIA DE AGAMENON	21
UM TESTE	29
UM DESAFIO	33
O DUELO	39
A BATALHA COMEÇA	43
A BATALHA CONTINUA	49
HEITOR	53
ENCONTRO DE CAMPEÕES	59
FUNERAIS	67
PARA A BATALHA DE NOVO	73
A MENSAGEM DE ZEUS	77
UM PEDIDO DE DESCULPAS	81
EMBOSCADA	89
GUERRA!	95
AUGÚRIOS	103
OS DEUSES ENTRAM EM CENA	109
PÁTROCLO VAI À GUERRA	115
O LUTO DE AQUILES	123
A ARMADURA DE AQUILES	127
AQUILES E HEITOR	131
ZEUS ENTRA NA BATALHA	141
UM ANCIÃO CORAJOSO	145
EPÍLOGO	151

PRÓLOGO

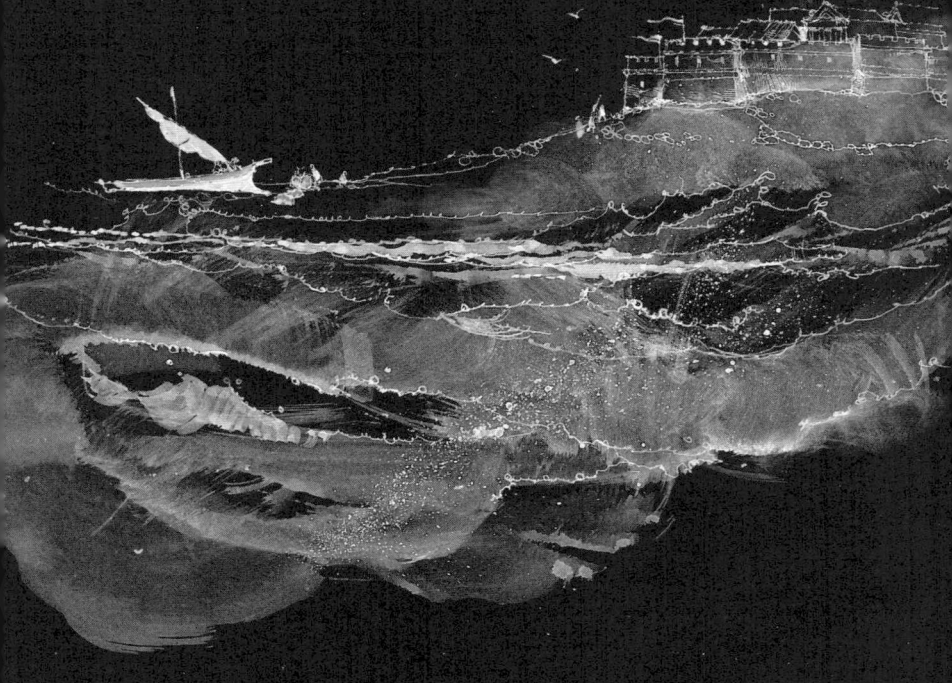

Esta é a história de uma terrível guerra, da qual tomaram parte deuses e bravos guerreiros. Uma história de vingança, de atos heroicos e do poder devastador de uma linda mulher. Uma história de sangue derramado na terra, sob as imensas torres de Troia, e na areia, junto aos navios de proas em curva, de cor carmim, da Grécia. Nessa época, os deuses tomavam partido nas disputas entre os mortais e interferiam diretamente em seus destinos.

Os gregos trouxeram a guerra para Troia e sitiaram a cidade por nove longos anos.

Por que tantos milhares deles foram para Troia? Porque Helena, mulher mais bela do que a Lua, foi roubada de seu marido, Menelau, rei de Esparta, por Páris, príncipe de Troia.

Comandados por seu rei máximo, Agamenon, um homem cruel e ganancioso, os gregos lutaram para recuperar Helena. Já os troianos, recusavam-se a entregá-la.

E, é claro, ambos os lados têm seus heróis. Os gregos têm Aquiles, de temperamento impetuoso, um lutador feroz. O príncipe Heitor, o grande campeão troiano, é um guerreiro mais generoso que seu rival. As razões dessa disputa têm suas origens muitos anos antes.

A HISTÓRIA COMEÇA

O pai de Aquiles, Peleu, era um mortal, e sua mãe, Tétis, era a deusa do mar. Tétis sabia que, se banhasse seu filho nas águas do rio Estige, que os mortais atravessam ao morrer, ele estaria protegido de todo mal terrestre. Tétis levou seu bebê até o rio, segurou-o por um dos calcanhares sobre as águas escuras e raivosas e mergulhou-o no gélido Estige.

Mas ele ficou de fato tão protegido como queria sua mãe? Isso ainda veremos.

Na época em que se passa nossa história, Aquiles já é adulto, corre mais rápido que uma gazela e é um guerreiro tão corajoso quanto um urso furioso. Com sua armadura brilhante, Aquiles comanda mais de dois mil guerreiros ferozes como lobos, que cruzam o caminho das ondas a bordo de cinquenta navios.

Eles têm de chegar às costas troianas, contornando o litoral sul da Grécia.

Seu objetivo é a vingança.

De quem é a culpa por uma ação tão grandiosa?

Páris diria não ter nada a ver com isso. Ele não aceitaria levar a culpa pela guerra, por ter roubado a mulher de outro homem. Páris não pôde resistir à encantadora Helena, nem ela a ele. O jovem troiano diria que foi tudo obra dos deuses.

– O destino trouxe Helena para Troia, assim como o destino trouxe os gregos, que apodrecem no interior das tendas e em suas embarcações de proas negras, ao longo da nossa costa. Ninguém pode me culpar... – Isso é o que Páris diria, e mais: – A promessa de Afrodite é a promessa de uma deusa. Estou destinado a fazer o que ela profetizou.

Mas havia vezes em que Páris se mostrava um homem petulante, egoísta. Seria dele, então, a culpa pela guerra? É o que veremos mais à frente.

OS DEUSES ENTRAM EM CENA

Antes do seu nascimento, foi profetizado que Páris seria a ruína de Troia. Seu pai, Príamo, rei de Troia, ordenou ao pastor Agesilau que matasse a criança recém-nascida. Mas o ancião, temendo a ira dos deuses caso obedecesse às ordens de Príamo, levou, em segredo, a criança para as montanhas. Somente ele e os deuses sabiam que Páris era filho de Príamo.

Mas como esse jovem, que pastoreava seu gado de longos chifres na tranquila montanha, recebeu de uma deusa a promessa de unir-se a Helena? É difícil acreditar, mas é verdade. Os deuses já interferiam nessa história mesmo antes de Páris ter nascido.

A deusa Éris não foi convidada para o casamento de Tétis, mãe de Aquiles, com seu esposo mortal Peleu. Éris era uma encrenqueira. E decidiu que o dano que causaria, por vingança, a Tétis e a Peleu, teria repercussões a longo prazo.

Durante as comemorações do casamento, Éris atirou uma maçã de ouro – o Pomo da Discórdia – aos pés dos convidados. Na fruta, estavam gravadas as palavras "Para a mais linda".

Três das convidadas, as vaidosas deusas Hera, Atena e Afrodite, reclamaram para si a maçã. Zeus sabia muito bem o problema que se criaria no Olimpo se ele ou qualquer um dos outros deuses decidisse quem era a mais linda das deusas. Assim, determinou que o belo Páris, um mortal, fizesse a escolha.

Hermes, o mensageiro de Zeus, encontrou Páris tomando conta de seu rebanho. As deusas surgiram à frente dele, com as faces cobertas por véus. Estava frio, naquele ermo tão alto da montanha.

– Zeus ordena que você escolha quem é a mais linda entre essas deusas – comunicou Hermes.

– Não, não... – recusou-se Páris, balançando a cabeça. – Não cabe a mim decidir uma coisa dessas. Não quero fazer isso.

Páris sabia que, fosse qual fosse sua decisão, as perdedoras ficariam ofendidas. Então, ele riu, pegando a maçã de ouro.

– Vou dividir a maçã em três e darei a cada uma um pedaço.

– Páris, não vai poder ser assim – Hermes insistiu.

Relutante, Páris dirigiu-se às deusas.

– Por piedade – desculpou-se –, não pedi este encargo. O que pode um homem fazer quando recebe uma ordem de Zeus?

As deusas voltaram-se para o jovem. Páris escondeu os olhos diante da resplandecente beleza delas.

– Uma de cada vez, por favor. Vocês três, juntas, me deixam cego.

Hera foi a primeira. Ela se aproximou e sussurrou:

– Dê-me o prêmio e eu farei de você o Lorde da Ásia e o homem mais rico do mundo.

Páris não disse nada. Apenas desviou os olhos.

Atena foi a seguinte. Ela ficou imóvel, olhando diretamente nos olhos dele, como uma águia que, do alto de um penhasco negro, contemplasse a imensidão azul do céu.

– Se eu ganhar, eu lhe darei a vitória em todas as batalhas. Farei de você o homem mais sábio e o mais belo do mundo.

Páris deu de ombros.

– Não preciso enfrentar batalhas. Sou um pastor. Não preciso de subornos para fazer um julgamento justo. Agora, Afrodite está pronta?

Afrodite estava de pé sobre uma relva verde e macia. Uma suave brisa de verão cantarolava à sua volta, quando ela se aproximou do jovem.

– Páris, um homem tão belo como você não desperdiça a vida nestas montanhas. Você se casará com Helena de Esparta, que é quase tão bonita quanto eu. Helena, filha de Zeus e encantadora como um cisne, é sua.

Afrodite, desavergonhadamente, aproximou-se mais ainda do jovem trêmulo e sussurrou.

– Vá para Esparta, Páris, e ela cairá de joelhos a seus pés, de tão apaixonada. É o que eu lhe prometo.

Sem hesitação, o jovem deu a maçã de ouro a Afrodite.

Hera e Atena não esqueceriam o insulto que Páris nunca pretendeu lhes fazer.

E foi assim que tudo começou...

Todos os anos, o rei Príamo promovia jogos esportivos em memória do filho que havia condenado a morrer nas montanhas. Ele ordenava, então, a Agesilau, o chefe dos pastores, que lhe fosse enviado um magnífico touro, que seria dado como prêmio ao vencedor dos jogos. Num determinado e fatídico ano, não sabendo que era o filho perdido de Príamo, Páris decidiu seguir o touro até a cidade. Agesilau suplicou-lhe que não fosse para Troia, mas o jovem estava determinado a competir nos jogos.

Ele competiu nos torneios de boxe e foi o vencedor. E também na corrida, derrotando os filhos do rei, Heitor e Deífobo. Eles o desafiaram a disputar nova corrida, e Páris ganhou sua terceira coroa de louros.

Heitor e seu irmão, furiosos por serem vencidos por um humilde pastor, ameaçaram-no com suas espadas. Para salvar Páris, que estava desarmado, Agesilau confessou que não havia obedecido à ordem do rei de matar o bebê. Então, Páris, em meio a muita alegria, foi recebido pelo rei Príamo, seu pai, e fez as pazes com seus irmãos.

Agora um príncipe troiano, Páris jamais esqueceu a promessa que Afrodite lhe havia feito na encosta da montanha. Certo dia, perguntou ao pai se podia chefiar uma delegação troiana à cidade grega de Esparta, governada pelo rei Menelau e sua esposa Helena.

Os deuses riram-se, e ficaram observando seu ardil começar a se desenrolar...

Páris foi recebido com grande hospitalidade por Menelau, em Esparta, uma cidade cercada de

muralhas brancas, na parte árida da Grécia. E retribuiu a isso de modo deplorável.

Helena era tudo o que Afrodite havia descrito quando Páris concedeu-lhe a maçã de ouro. Páris não pôde resistir a ela.

Deu presentes a Helena, sussurrou-lhe palavras doces, bebeu da taça em que ela também havia bebido. E a rainha de Esparta estava igualmente atraída por esse lindo jovem.

Caminhavam juntos pelo palácio, sentavam-se no pátio assombreado, tocavam-se as mãos como se fosse por acidente e olhavam-se nos olhos. A corte estava carregada de boatos e rumores.

O rei Menelau, um homem decente, não dava ouvidos a boatos. Percebia que Páris nunca saía de perto de Helena, mas pensou que fosse uma extravagância de jovem. Chegou mesmo a deixá-los juntos, quando zarpou para Creta, para comparecer ao funeral de seu avô. Helena precisou ficar para entreter o convidado troiano.

Naquela mesma noite, Helena, sem nenhum pudor, acompanhada por Páris, deixou Esparta, e zarpou para Troia.

Estava feito, e o que aconteceu depois foi como a noite seguindo o dia.

MIL NAVIOS NAVEGAM PARA TROIA

Toda Troia caiu sob o encantamento da beleza de Helena. Páris prometeu solenemente que ela nunca retornaria para Menelau. Somente Heitor, um príncipe bravo e honrado, mostrava-se precavido em relação a Helena e sua perigosa beleza – assim como sua mulher, Andrômaca, uma mulher sábia e nobre.

Menelau pediu que seu irmão, o poderoso rei Agamenon, o ajudasse a resgatar Helena. Agamenon concordou, como era sua obrigação.

Então os gregos partiram para Troia.

Partiram de Cefiso e da Crisa sagrada. Ájax lançou-se aos mares com doze navios, de Salamina, e deixou-os em Áulis, onde o exército ateniense estava acampado. Vieram soldados de Ciro, a terra dos pombos, e outros mais, comandados por um filho de Hércules.

E os navios gregos continuavam chegando.

Menelau trouxe de Esparta sessenta navios para lutar sob o comando de Agamenon.

O poderoso rei trouxe uma grande tropa de Corinto e Micenas. E outros mais não paravam de chegar.

De Pilo e de Creta vieram homens conduzidos pelo lanceiro Idomeneu. E também de Halkidiki, Mantineia, Anceaus. Navios com altas proas, pintados em cores brilhantes, cortaram as ondas, transportando gregos bem armados.

Ulisses deixou a ilha de Ítaca, um lugar de florestas de pinheiros e de mar azul e tranquilo. Com doze navios de proas cor de carmim, ele deixou sua

fiel esposa, Penélope, na esperança de combater, saquear e cobrir-se de glórias.

O guerreiro Diomedes também uniu-se às forças invasoras, disposto a provar sua coragem. Trouxe oitenta navios de velas negras, de Epidauro, uma região coberta de vinhedos.

Nestor, embora um homem velho, veio oferecer seus sábios conselhos, com uma tripulação de guerreiros ávidos pelo embate do bronze contra o bronze.

E o poderoso herói Aquiles chegou com cinquenta navios abertos, cada um carregando cinquenta guerreiros ansiosos para lutar.

E assim partiram todos – barcos abertos com proas feito cisnes, avançando pelo mar verde e profundo, galgando as ondas que resplandeciam como o amanhecer. Eles navegavam até o anoitecer, então se detinham sobre as vagas que se elevavam da superfície marítima. E flutuavam como pássaros carniceiros, revoando em bando sobre as ondas, borrifados pela espuma das águas e sob o vulto de negros despenhadeiros do litoral.

Em seus tronos, no Olimpo, os deuses observavam os navios reunidos; eram como gaivotas sobre um cardume de peixes prateados. Zeus, pai dos deuses, Hera, sua esposa, Atena, a deusa da guerra, Possêidon, o Sacudidor de Terras, Afrodite, a deusa do amor, e Éris, a intrigante, voltavam seu olhar lá para baixo, onde estavam os exércitos gregos, cada qual tendo seus guerreiros favoritos.

A frota reuniu-se numa enseada segura, em Áulis, para se reagrupar antes de alcançar Troia. Lá, os gregos receberam um augúrio. Estavam fazendo sacrifícios quando, de repente, uma cobra com marcas vermelho-sangue, rápida como um chicote, surgiu de debaixo de um altar, fugindo, a seguir, para se ocultar num plátano.

Uma ninhada de filhotes de pardais estava em seu ninho, no galho mais alto. A mãe ficou batendo as asas, enquanto a cobra devorava os nove pequenos pássaros. A cobra enroscou-se, então, desferiu um bote e abocanhou a mãe-pássaro, devorando-a também.

Os guerreiros queriam saber o que isso significava, e Calcas, o vidente, falou:

– Zeus envia uma mensagem. Nós lutaremos para tomar as torres altas de Troia e suas largas ruas por nove anos, um ano para cada uma das aves recém-nascidas. No décimo ano, ainda estaremos lutando, mas então as ruas, as torres e as muralhas cairão sob nosso poder.

Naquela manhã brilhante, puseram-se de novo ao mar, rumo a Troia e à guerra.

O CERCO DE TROIA

Nove anos se passaram. Os invasores gregos permanecem fora dos muros de Troia. Alguns guerreiros já estão exaustos por conta do longo cerco. O madeirame de seus barcos empena e as velas apodrecem. Mas não abandonarão o sítio à cidade enquanto Helena permanecer com Páris, atrás das muralhas troianas. Há aqueles que proclamam que Páris e Helena causaram centenas de milhares de mortes e levaram homens a apodrecer na praia, abaixo dos muros da cidade.

Agora, insensatamente, o poderoso rei Agamenon irrita o deus Apolo. E eis como aconteceu ...

Certa manhã, um homem já velho desceu a extensão da praia, mancando, vindo de Troia. Ele passou por entre os navios, que haviam sido puxados para a areia, carregando um pesado fardo nas costas. Encontrou os gregos sentados em torno do Poderoso Rei. O homem velho atravessou as fileiras de soldados com a ajuda de seu cetro, que o identificava como um sacerdote do deus Apolo.

Dirigiu-se diretamente, e com muita dignidade, a Agamenon, e depositou o pesado fardo aos pés do Poderoso Rei. Ele trazia uma baixela de ouro, uma armadura, espadas, espelhos de bronze e um escudo de bronze e prata. Agamenon perguntou seu nome e o homem velho o encarou, corajosamente. O Poderoso Rei então o reconheceu. A filha do ancião, Criseida, fora sequestrada por Agamenon, quando os gregos atacaram um povoado situado para além de Troia. Ela era parte do saque que os gregos haviam trazido de lá. Assim costumava acontecer.

O homem velho falou com serenidade:
– Você levou minha menina consigo – ele disse. Era verdade. E também uma bela jovem chamada Briseida fora dada a Aquiles como sua parte no saque.

O ancião prosseguiu:
– Vim pagar o resgate por minha filha.

Ninguém disse nada porque o ancião os havia comovido com sua dignidade.

– Meus senhores – ele disse, virando-se para os soldados sentados atrás dele. – Vocês esperam tomar Troia e então navegar para casa com segurança. Talvez os deuses deem a vocês o que desejam, mas, no mínimo, devem reverenciar o deus-arqueiro Apolo, aceitando este resgate e libertando minha filha. É o que lhes digo, pois sou o sacerdote do deus e sei o quanto sua ira pode ser poderosa.

Os homens ali reunidos, admirando a coragem do ancião, aplaudiram-no. Queriam que Agamenon

libertasse a garota e a deixasse retornar à casa do pai. Mas o Poderoso Rei, furioso com os soldados, rodeou, zangado, o ancião.

– Você, velho louco, afaste-se de nossos navios ou descobrirá que seu cetro de sacerdote não é escudo contra minha fúria. Não permitirei que Criseida, sua filha, se vá. Ela é minha propriedade. Afaste-se antes que eu atice os cães do acampamento contra você.

Os guerreiros ficaram embaraçados diante da rudeza de Agamenon contra o digno ancião. Mas ninguém tinha o direito de questionar o Poderoso Rei.

O ancião voltou as costas e afastou-se, sempre mancando, ao longo da praia. Enquanto caminhava, rogava a Apolo.

– Se alguma vez eu lhe fiz um sacrifício que lhe tenha agradado, se alguma vez o bode ou o touro que lhe ofereci lhe trouxe satisfação, então me conceda a realização de um desejo. Que as minhas lágrimas sejam pagas, pelos gregos, com as vossas flechas, divino Apolo.

E assim foi. Apolo ficou furioso por causa do insulto a seu sacerdote, e surgiu para os gregos como a mais escura das noites. Mulos e cães morreram primeiro e, então, um após outro, inúmeros homens foram feridos pelas flechas sibilantes do deus.

A seguir, Apolo fez cair uma praga no acampamento.

A FÚRIA DE AGAMENON

A fumaça elevou-se espessa das piras funerárias gregas nas quais os corpos e as armas dos guerreiros mortos eram queimados. E atravessou em espirais o campo de batalha, chegando aos portões troianos. Hera, esposa de Zeus, não podia deixar de vir em socorro de Aquiles, seu protegido entre os gregos. A deusa lhe disse para reunir os soldados. Uma vez reunidos, Aquiles pediu a Agamenon para ouvir Calcas, o vidente, que entendia os sonhos. Ele saberia como acalmar a fúria de Apolo. Calcas estava relutante. Saber o passado e o futuro pode ser um dom perigoso. Revelá-los pode ser ainda mais perigoso. Aquiles não deu a Calcas nenhuma escolha, mas prometeu protegê-lo, se Agamenon se enfurecesse com ele. Assim, Calcas disse ao Poderoso Rei o que ele não desejava ouvir. Agamenon ofendera Apolo ao recusar devolver Criseida, a filha do sacerdote. Se não a devolvesse, Apolo continuaria a devastação, até que não sobrevivessem gregos o bastante para tripular os barcos. Eles ficariam sitiados no litoral, prisioneiros do tempo, das pragas, e à mercê do exército troiano.

Aquiles propôs a Agamenon uma compensação pela perda de Criseida, caso ele concordasse em libertá-la. Mas Agamenon levantou-se, furioso, e recusou, sem rodeios, a proposta do grande guerreiro.

– Você espera que eu desista dela? Eu não serei privado do meu butim.

Aquiles não teve medo. E zombou do rei furioso.

– Sua cobiça já é uma lenda. Você não se importa que tantos homens morram sob o jugo de uma praga que faz seus corpos apodrecerem. Não se importa com seus soldados, há anos fora de casa.

Os homens, reunidos na areia e nas dunas altas, resmungaram, concordando. As piras funerárias crepitavam, as chamas ardiam, enquanto Aquiles prosseguia.

– Os guerreiros troianos nunca vieram à minha terra, nunca tomaram um cavalo meu, nem pilharam nossas casas e queimaram nossas colheitas. Nós viemos ajudá-lo e tudo que você faz é nos obrigar a pagar por sua estupidez. Combatemos pelos tesouros que amealhamos em nossos barcos. Eu sempre tomei para mim a parte do leão de cada luta e, ainda assim, você me rouba o meu butim. Não tem sentido ficar aqui e ser insultado, só para acumular ouro e saques para você.

Aquiles despejava uma fúria gélida, o rosto lívido acompanhando as palavras.

Enquanto isso, as flechas de Apolo rasgavam ligeiras a fumaça das piras funerárias, abatendo os soldados gregos, mandando mais e mais deles para a escuridão eterna.

Agamenon, com raiva, gritou para Aquiles, sem medidas:

– Desistirei de Criseida para impedir que Apolo mate meus fiéis guerreiros com esta obscena praga, mas você pagará um preço por isso, Aquiles.

Agamenon ficou de pé, os longos cabelos presos para

trás, a barba escura agitando-se ao vento. Seu rosto franziu-se de raiva enquanto ele gritava com o jovem herói.

— Mandarei Ulisses levar Criseida de volta para o pai dela. Farei oferendas para pacificar Apolo. Mas, então, Aquiles, eu tomarei a bela Briseida, que foi dada a você como sua parte no saque. Vou ensinar você a não desafiar seu rei.

Aquiles levou a mão à espada de lâmina curta. Se a desembainhasse, todos já sabiam de quem seria o sangue que correria pela lâmina de bronze.

Agamenon recuou, atemorizado, pois Aquiles já estava pronto a abrir caminho entre os guardas e matá-lo. Mas Atena surgiu, para acalmar o espírito do guerreiro.

— Aquiles — ela sussurrou. — Hera enviou-me para detê-lo. Afaste sua mão da espada. Faça o que eu sugiro e só terá a ganhar com isso.

Ninguém viu a deusa. Viram apenas Aquiles erguer a mão vazia para Agamenon.

– Seu bêbado! – ele sibilou. – Você tem a coragem de um pardal. Fica aqui, no acampamento, enquanto outros lutam por você. Você tomará a senhora Briseida porque é o Poderoso Rei e porque temos de aceitar que você aja dessa maneira covarde.

Alguns homens temiam que Aquiles estivesse indo longe demais, mas ele continuou.

– Chegará o dia, Agamenon, em que você e seus homens sentirão minha falta.

Os guerreiros ficaram em silêncio. Agamenon e seu conselho quiseram silenciar o jovem em fúria. Mas, ainda assim, Aquiles continuou.

– Você e eles ficarão impotentes, e cairão todos sob as espadas de Heitor de Troia e de seus homens. Assim eu prevejo. Você lamentará ter insultado o melhor homem deste exército com seu desdém.

Nestor, o sábio ancião, tentou persuadir Agamenon a não tomar Briseida de Aquiles. Mas o Poderoso Rei recusou-se a lhe dar ouvidos. Criseida retornaria para seu pai e ele teria Briseida. Se qualquer homem tentasse impedi-lo, morreria.

Aquiles afastou-se da reunião acompanhado de Pátroclo, seu companheiro favorito. Saíram caminhando por entre o emaranhado de cordames, mastros, remos e as proas altivas dos navios, dispostos ao longo da praia. Ele jurou jamais lutar outra vez ao lado do Poderoso Rei.

Agamenon enviou dois guerreiros para a tenda de Aquiles para trazer Briseida. No que atravessavam a praia, passando sobre seixos, cascas de caranguejos podres, pássaros marinhos mortos, amontoados de algas secas, crescia sua apreensão, por estarem indo para a tenda de um homem tão perigoso e imprevisível. Minúsculas pulgas de areia saltavam em fuga, enquanto seus pés se arrastavam, resvalando nos pequenos montes de ervas daninhas decompostas.

Ao chegarem à tenda, encontraram Aquiles, sério, imóvel, de pé, na entrada, e, a seu lado, Briseida, em lágrimas.

– Não tenham medo – disse o herói aos guerreiros. – Minha discórdia não é com vocês, mas com o mestre. Meu nobre Pátroclo entregará a senhora a vocês. Lembrem-se de que, quando Agamenon tiver de enfrentar os troianos, que virão carregando tochas para incendiar os navios gregos, já não haverá ninguém para afastá-los. Digam-lhe que assim jurou Aquiles.

Pátroclo tomou a garota em lágrimas pela mão e a entregou aos dois homens. Eles a levaram para Agamenon e Aquiles ficou a lamentar sua perda, pois realmente amava a moça.

Tétis, sua mãe, ouviu-o suspirando, lá de seu trono, sob as ondas. A deusa emergiu do mar cintilante envolta em névoa e sentou-se ao lado do filho para confortá-lo.

Aquiles falou de sua raiva.

Ela disse, tristemente:

– Temo por você, meu filho. A deusa Destino lhe deu uma vida curta demais, Aquiles, para você desperdiçá-la com a raiva. Eu irei ao Olimpo para ver Zeus e farei o que puder. Você não tomará mais parte da luta, como jurou, até eu voltar com uma resposta.

Enquanto isso, Ulisses e sua tripulação retiravam os suportes que escoravam seu navio na areia, e os homens puxaram o barco pintado de carmim para as águas escuras da baía. A seguir, levaram a bela Criseida de volta ao pai dela.

Aquiles continuou acalentando sua raiva.

Tétis emergiu na luz da manhã, elevou-se para o amplo céu azul e encontrou Zeus descansando no Olimpo. A deusa contou a ele que Aquiles fora roubado por Agamenon e incitou Zeus a ajudar os troianos.

Zeus resmungou:

– Hera, minha esposa, já está se queixando que eu os tenho ajudado demais. Se vir você comigo, vai reclamar ainda mais.

Tétis ajoelhou-se e agarrou os joelhos de Zeus, em submissão.

– Zeus, prometa que me ajudará.

– Oh, está bem. Sim, sim. Deixe-me ver.

Zeus estava impaciente para Tétis ir embora antes que a ciumenta Hera a visse. Assim, ligeira, Tétis, a de Pés de Prata, mergulhou do Olimpo coberto de neve para as profundezas verdes brilhantes do mar. Tarde demais. Hera a tinha visto e já estava com seu marido no instante em que Tétis partiu.

– Conte-me – ela sibilou – o que você estava tramando com Tétis pelas minhas costas? Conte-me!

Zeus grunhiu em advertência para que Hera parasse de falar com tanta insolência. Hera, a de olhos de boi, riu do jeito cativante com que costumava sorrir quando lhe convinha.

– Zeus, você sabe que não quero ser desrespeitosa. Sabe que nunca quis interferir, mas creio que você prometeu a Tétis deixar os gregos serem massacrados, junto a seus navios. Eu não suportarei...

– Pare! – rugiu Zeus. – Vou lhe ensinar uma coisa, Hera. Você me obedecerá como todos os deuses me obedecem, ou será arremessada de cabeça para baixo na escuridão. Agamenon pagará por sua ganância até que preste a Aquiles o respeito que ele merece. Esta é a minha decisão. Enquanto isso, Aquiles jurou não tomar parte na luta. Lembre-se do que eu disse e tome cuidado.

E Zeus, em sua fúria, avultou-se como um trovão nas nuvens, sobre as montanhas. O deus dos deuses moveu-se como um relâmpago brilhante e um trovão rugindo sobre as terras altas e as nuvens negras do mar.

UM TESTE

Assim como nós, os deuses não gostam de homens arrogantes. Zeus ficou aborrecido e, por isso, naquela noite trovejante, enviou um sonho falso para Agamenon. Troia poderia ser deles se atacassem imediatamente.

O Poderoso Rei acordou, vestiu a túnica e o manto esvoaçante, pendurou uma espada prateada nos ombros, e chamou seus altos-oficiais. A seguir, rumou para os navios onde seu exército descansava. Havia decidido testar a coragem deles. Todos os soldados foram convocados por seus comandantes a se perfilarem. Então Agamenon falou:

– O poderoso Zeus está contra nós. Creio que devíamos ir embora, antes que hordas de troianos nos rechacem para o mar.

Ouvindo o grande comandante aconselhar a retirada, alguns ficaram apavorados. Desimpediram as calhas por onde os navios escorregariam para as águas, retiraram as escoras e começaram a empurrar os navios para o mar.

Hera e Atena tentaram deter essa fuga covarde. Atena chamou Ulisses para ajudá-la. Ele correu entre os frenéticos homens, gritando, estapeando-os, tentando persuadi-los.

– Vocês são mulheres? Fogem como pombas de um rato que invade pombais. Quem são vocês? Covardes?

Como seria de esperar, eles então ficaram envergonhados. Um orador criador de caso, Tersites, irritou os homens e insultou Agamenon, chamando-o de covarde, mulher velha e ladrão. Foi um excesso. Insultar alguém na posição do Poderoso Rei era o mesmo que insultar os deuses.

Ulisses atacou o orador imprudente, derrubando-o para o lado – e os homens se animaram com a determinação do rei guerreiro. Agora, estavam determinados a lutar para recuperar a honra que estiveram próximos de ignorar.

Zeus riu. Isso tornaria os gregos confiantes em excesso. Aquiles permaneceria impassível, junto a seus navios. Agamenon começaria a pagar por sua mesquinhez em relação a Aquiles. Era o que Zeus havia prometido a Tétis.

Às costas deles, dentro dos muros da cidade, soaram os tambores de batalha.

Os gregos se apressaram a vestir suas armaduras e começaram a se preparar para a luta.

UM DESAFIO

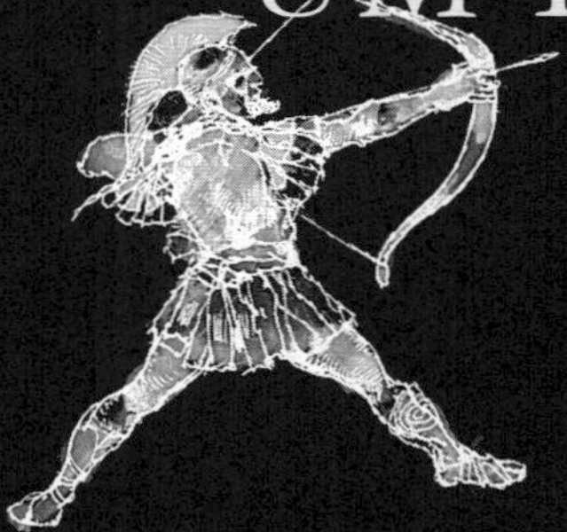

A poeira levantada pelo exército em marcha obscureceu o sol. Os gregos avançaram com seus carros de guerra e seus cavalos velozes como pássaros. Atacaram armados de arcos feitos de osso, espadas de cabo de ouro e escudos de couro de boi com placas de brilhante bronze. No que investiram sobre Troia, a terra gemeu. O sol irrompeu, iluminando as pontas das lanças, os capacetes emplumados dos guerreiros destemidos e as pelagens cintilantes dos cavalos empinados.

Era como se a planície explodisse em chamas.

Aquiles e seus homens descansavam, alguns jogando dados, outros cuidando dos cavalos. Escutaram as hordas raivosas, repentinamente, ficarem silenciosas, enquanto os comandantes se deparavam com os sólidos portões de madeira de Troia.

Das torres mais altas, as sentinelas troianas enviaram a notícia da aproximação do exército ao rei Príamo. Heitor, impetuoso, ansioso para começar a combater, ordenou aos líderes dos clãs, dentro dos muros, que se preparassem.

Os poderosos portões de madeira foram escancarados e o exército troiano correu para a posição que havia escolhido, uma colina chamada Túmulo da Mirina, a Dançarina. Havia tantos guerreiros quanto folhas nas árvores da floresta. Os troianos bradaram gritos de guerra, batendo as espadas nos escudos como tambores de batalha.

Os gregos movimentavam-se silenciosamente através da poeira que se elevava do chão, incapazes de enxergar a uma distância maior do que a do arremesso de uma pedra. Espadas sendo brandidas no alto e prontas, lanças aprumadas, dardos equilibrados, flechas encaixadas, cordas esticadas aguardavam seu grande chefe para iniciar o combate.

Páris adiantou-se à frente das fileiras troianas, uma pele de leopardo sobre as costas, um arco recurvo, uma espada atravessada sobre os ombros e, em suas mãos, duas lanças de pontas de bronze. Ele desafiou qualquer herói grego a medir forças com ele, homem contra homem.

Menelau, cuja esposa este homem havia raptado, saltou de sua carrua-

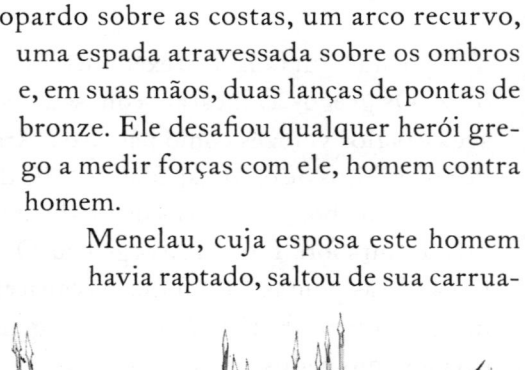

gem para enfrentá-lo. Feliz como um leão faminto diante de um antílope ferido, Menelau aceitou o desafio. Mas Páris, vendo com quem teria de lutar, ficou com medo e retirou-se para as fileiras troianas.

Heitor, seu irmão, gritou:

– Garoto lindo! Sedutor de mulheres! Você só nasceu para nos envergonhar? Você, seu covarde desprezível, estaria melhor morto. O inimigo pensará que elegemos líderes devido à boa aparência. Eles zombarão de nós, dirão que não temos estômago para a luta. Seja homem! Se souber o que isso significa!

Furioso, Heitor perseguiu Páris até que ele não tivesse mais para onde escapar.

– Você é bom somente para ir à casa de outro homem e seduzir sua esposa. Trouxe vergonha a seu pai e uma maldição para sua cidade. Tem medo de lutar com o homem cuja esposa você roubou. Seus longos cabelos não o ajudariam, então, nem sua preciosa deusa Afrodite. Você não vale uma cusparada.

Tudo o que Páris conseguia enxergar, na hora, eram os rostos crispados daqueles que ouviram a manifestação de desprezo de Heitor. Tentando acalmar o irmão, ele lhe tocou o braço.

– Eu pedi para ser um homem bonito?

Mas Heitor voltou-lhe as costas, furioso. Páris seguiu-o.

– Não sou um guerreiro como você, afeito à espada e à lança, mas, se você exigir, travarei este duelo. – Páris elevou a voz para que todos o escutassem. – O homem que vencer, fica com Helena e sua riqueza.

Os rostos crispados começaram a se suavizar, então...

– Então, nossos líderes podem entrar num acordo. Nós ficaremos em Troia e os gregos navegarão de volta para seus lares. Eu lutarei por isso.

Heitor permaneceu imóvel entre os dois exércitos e solicitou que todos ficassem sentados e imóveis, enquanto Menelau e Páris lutavam. Heitor também sugeriu termos de um acordo que levaria à paz e ao fim da guerra. Do lado dos gregos, ninguém quis lhe dar resposta. Então Menelau falou:

– Fui eu quem mais sofreu, com tudo o que houve entre nós. Concordo que troianos e gregos possam celebrar a paz. A verdadeira disputa é entre mim e Páris. Um de nós deve morrer. A deusa Destino decreta que será ele. Tragam oferendas para os sacrifícios. E tragam o rei Príamo para testemunhar o juramento. Não confiamos na palavra de seus filhos. Tragam um carneiro não castrado e uma ovelha, e que este acordo seja jurado por nós.

Os exércitos regozijaram-se, aprovando, e sentaram-se um diante do outro.

Helena e Andrômaca, esposa de Heitor, observavam das torres sobre os portões de Troia. Helena, olhos brilhantes de excitação com a proximidade da batalha, mostrava ao rei Príamo os guerreiros poderosos que conhecia. O próprio Menelau,

Ájax, Agamenon, Diomedes, Idomeneu e Ulisses. Príamo foi, então, escoltado até onde estavam os dois exércitos. Oferendas foram feitas aos deuses e juramentos selados. Heitor e Ulisses mediram o terreno. Os exércitos, que a tudo assistiam, rezavam por um fim para a guerra e por seu retorno seguro para casa.

Heitor, desviando os olhos do elmo que Ulisses lhe estendeu, tirou a sorte para decidir quem seria o primeiro a atirar a lança de bronze. A sorte favoreceu a Páris.

Os soldados aguardavam. Silêncio.

O DUELO

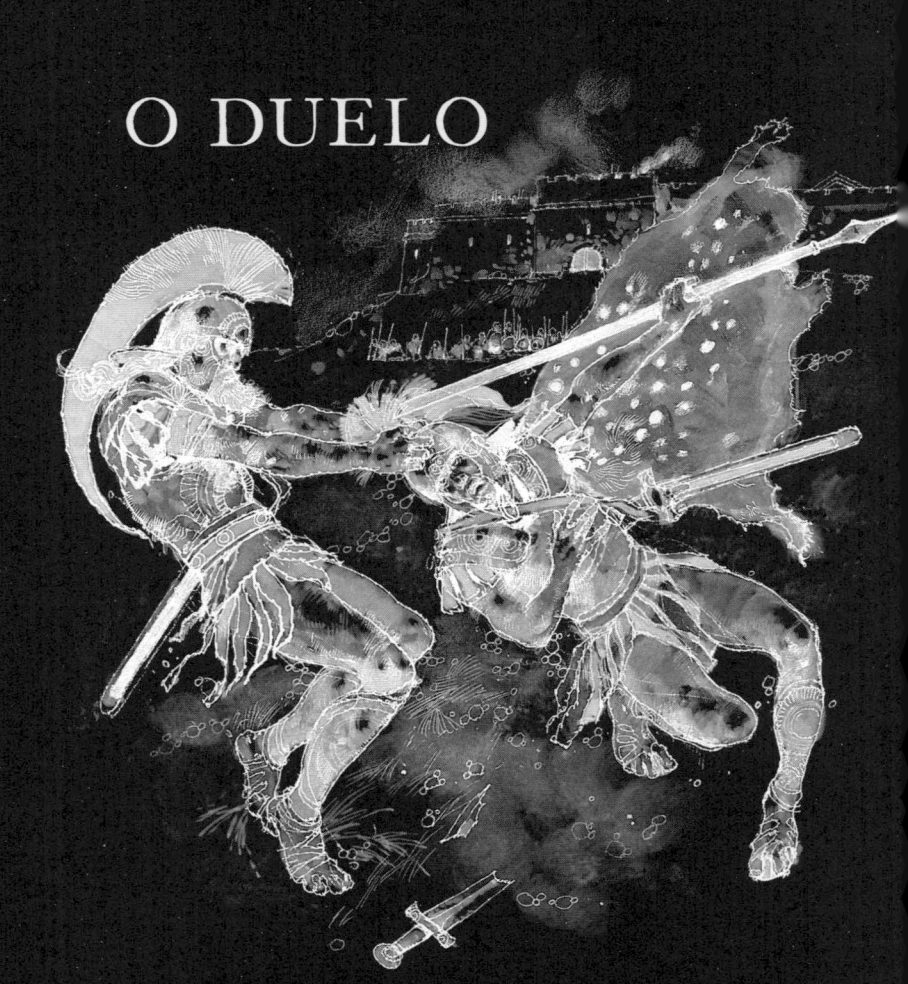

Até a brisa do mar recolheu-se. Nada se movia. Os exércitos estavam paralisados. Páris usava grevas para proteger suas pernas e um peitoral de bronze. Sua espada tinha cabo recoberto de prata e o escudo tinha uma pontuda saliência de bronze no centro. Seu elmo dourado tinha um penacho vermelho de crina de cavalo. Cuidadosamente, ele escolheu uma lança com o peso e o equilíbrio ideal para seu braço. Menelau, que gostava de lutar, ficou imóvel em sua marca. As tropas, sentadas, assistiam encantadas, enquanto os dois homens examinavam-se mutuamente de alto a baixo. O sinal foi dado e o duelo começou. Páris arremessou sua comprida e esguia lança. Ela caiu no chão, depois de desviada pelo escudo de Menelau, ou talvez por um dos deuses que interferiam no duelo. Menelau sopesou sua lança, pedindo ao poderoso Zeus que fosse vingado pela forma desleal com que Páris o havia tratado. Ele arremessou a lança com tal força que perfurou o escudo de Páris, atravessou sua armadura e chegou a rasgar a túnica que o rapaz vestia. O sangue verteu da coxa de Páris. Menelau acompanhou o

arremesso da lança com um
ataque corpo a corpo com sua
espada prateada. Ele vibrou um pesado golpe sobre a crista do elmo de Páris.
A espada despedaçou-se com a força do
golpe e deixou Menelau à mercê do troiano.

    Os soldados rugiram, incentivando os lutadores.

    Rápido como o pensamento, Menelau lançou-se contra o jovem e agarrou a borda alta do elmo pela beirada.
O elmo de bronze estava preso ao queixo
de Páris por uma correia. Menelau
puxou com força crescente o elmo, torcendo-o, tentando fazer tombar seu oponente, que estava se sufocando com o aperto da correia, que cortava profundamente sua garganta.

    Menelau inclinou o corpo para trás, puxando Páris, que estava desesperado, tentando respirar. Menelau jogou então todo o peso do seu corpo contra o do jovem e conseguiu girar o elmo. Páris perdeu o equilíbrio, afinal, e Menelau começou a rodopiá-lo como se tomasse impulso para arremessar um disco, ainda segurando o elmo pela beirada.

Se não fosse a presteza de Afrodite, Páris seguramente teria sido estrangulado até a morte. A deusa mordeu a tira de couro, e o elmo soltou-se. Menelau atirou-o para as tropas gregas, apanhou sua lança de bronze e uma vez mais lançou-se contra Páris. Mas o favorito de Afrodite sumiu em meio à poeira levantada pelo combate. Alguns disseram que a deusa evocou uma névoa do mar para proteger Páris. O fato é que ele fugiu, atravessando as linhas troianas e os portões da cidade, refugiando-se em casa. Helena cobriu os olhos, temendo agora por seu destino.

O rei Agamenon proclamou que o herói grego tinha sido o vencedor.

– Os juramentos que proferimos diante de todos vocês e os sacrifícios para os deuses que santificaram aqueles juramentos asseguram que Helena e toda sua riqueza deve ser devolvida a nós.

Os homens aplaudiram suas palavras.
O Poderoso Rei tinha se pronunciado.

A BATALHA COMEÇA

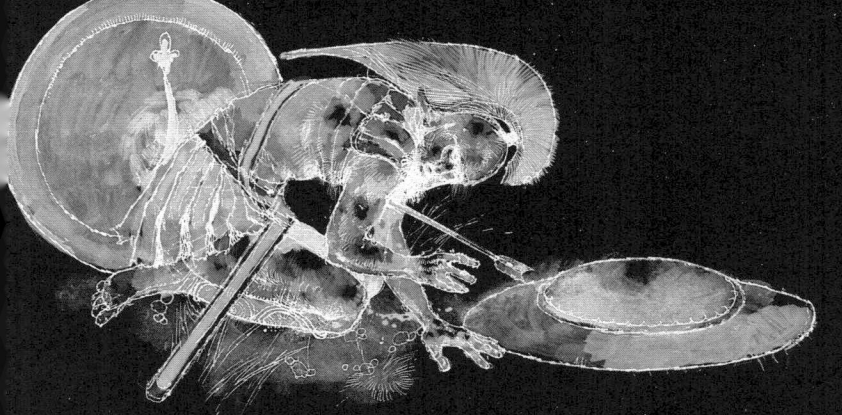

Do alto Olimpo, os deuses observavam os exércitos reunidos diante de Troia.

Zeus perguntou-se, em voz alta:
– Deixaremos os troianos devolverem Helena, e esse será o fim da guerra, ou atiçaremos novamente a luta?

Hera estava furiosa.
– Não concordo em deixar que entreguem Helena. Não permitirei que tudo seja resolvido com tanta facilidade. Páris e os troianos não teriam o castigo que merecem. Eu quero a guerra!

Sua exigência irritou Zeus.
– Como ousa, Hera? Por odiar tanto estes mortais você os condenaria a sofrer ainda mais. Dez anos não é suficiente? Amigos de todos aqui morrerão se a guerra continuar. Eu cuidarei para que isso aconteça.

Trovões rugiam sobre o Monte Olimpo e relâmpagos cortavam o céu noturno, no que Atena enviava uma mensagem a Pândaro, o arqueiro troiano, informando-lhe que o poderoso Menelau deveria morrer nas mãos dele. Páris e toda a Troia o protegeriam se ele quebrasse a trégua e matasse o herói grego.

Pândaro vergou seu arco de chifre curvo de cabrito montês e esticou-lhe a corda. Então, oculto por trás dos escudos dos amigos, viu Menelau vasculhando as fileiras troianas à procura de Páris. Apesar da trégua combinada entre os líderes dos exércitos, Pândaro encaixou sua flecha, pediu proteção ao deus-arqueiro, Apolo, tensionou ao máximo seu arco e disparou uma flecha que zumbiu, riscando o ar.

A flecha atingiu em cheio Menelau e, se não fosse desviada por Atena, teria matado o herói. Ela dirigiu a flecha para a fivela dourada do cinto do rei de Esparta, desviando-a, fazendo-a penetrar então na couraça ornamentada e na túnica de couro, fincando-se a seguir na carne de seu ombro. A dor fez Menelau cair de joelhos. Mas ele sobreviveu.

Agamenon, vendo seu irmão ferido, suspendeu a trégua. Ordenou aos gregos que encontrassem aquele que rompera a trégua e o matassem. E os troianos, imaginando que os gregos, furiosos, atacariam prontamente com todas as suas forças, se lançaram à luta... Novamente, vociferava a sangrenta guerra na planície.

Agamenon estimulava seus comandantes.

– Mentirosos, rompedores de trégua! Serão deixados como carniça para cachorros e urubus. Tomaremos suas esposas e crianças e as transformaremos em escravas domésticas, quando Troia estiver queimando.

Os gregos aplaudiram e Idomeneu, o líder de Creta, falou:

– Eles beberão a morte e a desonra. Nós, os cretenses, assim juramos.

Idomeneu saudou o Poderoso Rei. Seus homens desembainharam as espadas, checaram as flechas em suas aljavas e se aprontaram para a batalha iminente.

Nestor declarou a seus homens que lamentava não ser mais um jovem, mas prometia não abandoná-los e os comandar de seu esquadrão de carros de guerra.

Agamenon montou seu cavalo. Foi encontrar Ulisses e seus homens aguardando atrás das fileiras de frente.

– Está com medo de lutar? – Agamenon zombou.

Rispidamente, Ulisses replicou a seu chefe:

– Você verá nossa coragem quando combatermos os troianos.

O exército troiano avançou resolutamente – carros de guerra passavam com estrondo, cavalos eram açoitados ruidosamente, tambores retumbavam e, pairando sobre tudo, uma nuvem de poeira. A certa distância do campo de batalha, bandos de abutres de pescoços compridos e matilhas de cachorros abandonados aguardavam pelo banquete.

Eram homens indo para a morte.

Helena observava, aflita, dos muros da cidade, enquanto os guerreiros investiam à frente como enormes ondas gêmeas dispostas uma a engolir a outra.

Os exércitos gregos defrontaram-se com os troianos, os penachos de crina de cavalo orgulhosamente empinados, o sol implacável cintilando sobre as lanças de metal, maças e lâminas.

Uma saraivada de sibilantes lanças mortais cintilou, cruzando o espaço que ia diminuindo entre os dois contingentes. Homens gritavam de dor, suplicando aos deuses por suas esposas, filhos e filhas, ao fecharem os olhos para o mundo.

Os troianos avançaram. Desfechando golpes com a ponta de suas lanças, esmagavam crânios e varavam ossos dos peitos, gargantas e costas. Olhos eram rasgados por golpes de través das lâminas de bronze. Pedras eram arremessadas, partindo narizes, ombros, quadris... e assim prosseguiu a luta, num caos sempre crescente.

Equepolo, um troiano, foi o primeiro a tombar morto, apesar de sua armadura completa. A escuridão cobriu seus olhos, enquanto ele ia ao chão, em meio ao tumulto geral. Um amigo tentou arrastar o corpo, resgatando-o para ser levado para trás das fileiras, para um enterro digno. O matador queria despojar o corpo de sua armadura. Por toda parte, espadas, lanças pontudas e quinas de escudos esmagavam, cortavam e trucidavam.

Ájax abateu o filho de Antemion, que encerrou sua breve vida espetado como um porco. Um amigo tentou vingar o garoto, mas, em vez de acertar Ájax, atravessou com a lança a virilha de um amigo de Ulisses.

Rugindo com raiva da luta, Ulisses desferia golpes e mais golpes. Com a mesma fúria, Diomedes implacavelmente matava os inimigos em outro ponto da batalha.

Apolo tentou reanimar os troianos.

– Estes gregos são somente carne e sangue. Nem mesmo têm seu herói Aquiles com eles. Ele está escondido como uma mulher, entre os navios. Deve estar penteando seus lindos cabelos loiros.

Os troianos riam e se reanimavam. Mas o jovem grego Diomedes estava determinado a ganhar a glória. Atena chegou para tomar parte na luta e contrabalançar a ira de Apolo. Diomedes manejava a lança e a espada com mortal efeito. Fegeu, o troiano, tentou matá-lo arremessando a lança contra ele, mas não o acertou. Diomedes atirou sua lança e acertou o alvo, fazendo Fegeu cair do carro de guerra. Diomedes apossou-se dos cavalos e disse a seus homens para levá-los do trepidante campo de batalha.

Agamenon arremessou, mirando o troiano Odius. Feriu-o nas costas e ele tombou com um ruído surdo sob as rodas de seu próprio carro.

No mesmo momento, Idomeneu viu Festo em seu carro. Com seu poderoso braço, o cretense arremessou a lança mortal e atingiu Festo abaixo do ombro direito. Conseguiu assim jogar o troiano ao chão. Os servos de Creta despojaram o corpo e deixaram-no para os cachorros.

Um carro de guerra poderoso disparou sem controle pelo campo de batalha, os cavalos trotando enlouquecidos pelo cheiro do sangue e pelo incessante bramido da batalha. O corpo do condutor estava caído no chão do carro, sangrando, pregado na madeira do veículo por uma lança.

O cavalo-líder relinchou, apavorado. Uma flecha disparada por Páris perfurou sua cabeça logo acima do olho.

No fragor da batalha, os soldados enlouquecidos, envolvidos por uma luta também ensandecida, tornavam-se homens insaciáveis, e matavam como máquinas, incapazes de parar.

A BATALHA CONTINUA

Diomedes, inspirado pela deusa Atena, encontrou a glória que estava procurando. Ele parecia brilhar com o fogo da batalha, enquanto massacrava os inimigos, bem no centro do embate. Por todo o campo de batalha, distribuía morte e destruição, tomando as armaduras e os cavalos para os gregos. Homens morriam varados pela extremidade pontuda e sibilante de sua lança, sob o terrível golpe da lâmina de sua espada de bronze, ou esmagados sob as rodas de seu carro. Ele abriu um corredor de morte, como um vendaval de inverno que abate as árvores. Pândaro, o rompedor da trégua troiano, identificou-o e jurou tirá-lo da batalha. Ele apontou o arco e atingiu a borda do peitoral de Diomedes, que continuava lutando em fúria.

Pândaro viu que sua flecha tinha ferido Diomedes e gritou em triunfo:

– Venham, troianos! Adiante! Adiante, aurigas. O melhor homem deles está gravemente ferido. Eu, Pândaro, fui o autor da proeza. Ele não durará muito agora.

Diomedes agarrou a flecha cravada no ombro e chamou por seu auriga.

– Rápido, arranque esta flecha. Anda! Corte minha carne e a extraia, se for preciso.

Dito e feito. Diomedes, curado por uma prece de Atena, rugiu, voltando à batalha, como o mais bravo dos leões. Na confusão de homens, espadas, cavalos e lanças voadoras, achou seu inimigo.

Pândaro disparou primeiro sua flecha e errou o alvo. Diomedes arremessou uma lança sibilante e atingiu o arqueiro troiano no nariz, junto ao olho. A lança atravessou os dentes de Pândaro, e ele tombou do carro de guerra.

Seu amigo e escudeiro Eneias postou-se junto ao corpo para evitar que fosse despojado da armadura. Diomedes arremessou uma imensa pedra no carregador de lanças Eneias, esmagando sua coxa. O mundo ficou negro para Eneias e ele morreria se Afrodite não o resgatasse.

Os troianos precisavam de um herói tão bravo quanto o mais bravo dos gregos. Isso porque os gregos estavam, agora, em vias de despedaçar os imensos portões de Troia.

O deus Ares, disfarçado como Ácamas, um intrépido aliado dos troianos, exigiu saber onde os príncipes da casa real da cidade estavam escondidos.

– Vão deixar os gregos invadir a cidade de vocês? Vão deixar seus mortos e moribundos ser profanados por cachorros abandonados e pássaros carniceiros? Precisamos de Heitor para assumir o comando da batalha. Se ele tiver coragem para tanto.

Assim falou Ares, usando a voz de Ácamas, repetindo suas palavras por todo o campo de batalha, zombando do chefe troiano. Outros juntaram-se à zombaria.

– Venha, Heitor. Pare de usar sua língua de prata. A seguir, você irá nos dizer que pode sustentar, inteiros, os portões de Troia, apenas você, seus irmãos e irmãs.

– Não vemos nenhum deles aqui.

– Seus aliados, que vieram até aqui por terra e por mar, serão abandonados na batalha, enquanto você e os seus descansam protegidos por trás dos muros da cidade?

Eram gritos de fúria, agora.

– Você nos deixa enfrentar estes gregos sozinhos. Saia daí e lute!

Era questão de tempo, e pouco tempo, agora, para que os aliados dos troianos desertassem e deixassem o campo de batalha para os gregos.

HEITOR

Heitor apressou-se a vestir a armadura completa de guerra. Seu carro de guerra tinha acessórios de marfim nas rédeas e bordas de bronze. As rédeas foram feitas de couro de boi – forte o bastante para refrear os cavalos mais bravios. Com sua longa lança na mão esquerda, ele atirou-se à luta, surgindo entre os soldados, lutando corpo a corpo, no momento exato em que eles estavam a ponto de se retirar.

– Fiquem! – ele gritava. – Vocês não estão lutando à toa. Sejam homens de verdade, não covardes. Não recuem mais um passo sequer.

As forças troianas viram o grande Heitor e seus cavalos dançantes abrirem caminho através das tropas gregas. Com espada e lança, Heitor rechaçou quase sozinho os gregos.

Por toda a volta do campo de batalha, guerreiros recolhiam as armaduras dos homens que haviam matado; saqueavam, para guardar ou vender.

No que Ájax matou um poderoso troiano e começou a despojar sua armadura, foi impedido por uma saraivada de flechas e uma infinidade de dardos brilhantes. Rapidamente, Ájax colocou seus pés no peito do homem morto, puxou fora sua lança de bronze e retirou-se.

Heitor conduziu os troianos a um violento ataque. Ájax atravessou com a lança o poderoso Ácamas e a noite chegou aos olhos dele. Diomedes matou o troiano Axilo e seu auriga, mandando ambos para o mundo subterrâneo.

A batalha prosseguia com avanços e recuos, os exércitos combatendo num conflito cerrado e sangrento. Nenhuma pausa era oferecida ou concedida. Se algum homem tentava render-se, era lacerado por implacáveis lâminas, mesmo se suplicasse por misericórdia.

Nestor gritou:

– Chega de pilhagem. Estamos aqui para matar. Só para matar. Mais tarde, vocês podem roubar dos cadáveres tudo o que quiserem, e sem impedimentos.

Os troianos haviam estabelecido sua posição de resistência junto aos muros da cidade. Heitor foi impelido a retornar à cidade para pedir a sua mãe Hécuba, e a sua esposa Andrômaca, para fazerem sacrifícios a Atena.

– Quero pedir a elas que rezem para que nunca seja permitido a Diomedes percorrer em fúria nossas largas ruas, pois nenhuma mulher ou criança estaria a salvo de sua espada sangrenta. – O pedido soou como um juramento, e seus homens aplaudiram.

Heitor saltou de seu carro, enquanto abria caminho em direção aos portões, e instigava seus homens, sabendo que precisavam somente vê-lo para reanimar o espírito para a luta.

Ele atravessou com largas passadas as fileiras de homens, gritando:

– Meus amigos, lutem com a coragem que sempre demonstraram. Protejam-me, enquanto vou até a cidade para me certificar de que nossas mulheres fizeram sacrifícios para Atena e para os deuses da guerra.

Heitor não se deteve junto às mulheres que, nos portões, esperavam notícias dos maridos, filhos e amantes. Ignorando seus gritos desesperados, ele penetrou na cidade. Quando alcançou a casa de sua mãe, ela lhe ofereceu vinho para uma libação em homenagem aos deuses.

Heitor recusou-se a fazer a libação, salpicado como estava de sangue e lascas de pele dos inimigos que matara.

– Não posso orar a Zeus. Estou profanado com sangue humano. Você e as outras mulheres é que devem fazer a prece, mãe. Prometa a Atena doze novilhas, peles, ovelhas. O que quer que tenha muito valor, ofereça-o.

Então, ele foi tentar encontrar seu irmão Páris.

– Ele nos envergonha, mãe. Não é digno do sangue real. Se estivesse a caminho do Hades, eu não o deteria, desejaria até que fizesse boa viagem. Sem dúvida, está nos braços de Helena. Mas lá não ficará por muito tempo, isso prometo a você.

Heitor apressou-se pelas ruas vazias, passando pelas casas barricadas, até o palácio de Príamo. Páris estava polindo o escudo para deixá-lo reluzente como um espelho.

O jovem ergueu a vista assustado, quando seu irmão irrompeu bruscamente no aposento. Helena e sua criada ficaram horrorizadas com o sangue e a imundície que cobriam o poderoso guerreiro, da cabeça aos pés. Elas recuaram diante de sua fúria.

– Saia e lute – Heitor ordenou.

— Vim para cá — protestou Páris — porque percebi que nossos guerreiros zombavam de mim.

— Eles zombam de sua vaidade, você, que fica se mirando em todo espelho que encontra. Você nos envergonha! Eles riem de você por fugir de Menelau. Ponha sua armadura. Deixe a proteção destes muros e corra os riscos que todos nós corremos.

— Não posso abandonar Helena — disse Páris.

Heitor virou-se então, raivoso, mas Helena lhe pediu que a escutasse.

— Sei que você me acha uma desavergonhada, e talvez eu seja, mas tenho exigido de Páris que cumpra o seu dever.

Heitor encarou a linda mulher e ela lhe pediu para ficar ali ainda um momento.

— Não, enquanto houver uma batalha a ser lutada e homens para conduzir — Heitor replicou, virando-se para Páris. — Não esperarei por você. Venha comigo para lutar ou eu o considerarei um covarde.

Páris pôs-se de pé, magoado, mas seu irmão já tinha saído para procurar por sua esposa, Andrômaca, e Escamândrio, seu amado filho.

Heitor encontrou Andrômaca junto às Portas Ceias, esperando para abraçar seu homem, marcado pela batalha. Ela não temia que Heitor abandonasse o campo de batalha. Sabia que ele morreria lá, já havia vaticinado que isso aconteceria.

— Quando eu perder você, querido marido, também posso, igualmente, morrer. Quando você dormir o sono negro, não me restará nenhuma razão para viver.

Andrômaca conhecia o luto. Não tinha seu pai sido morto por Aquiles? Mas, isso tinha de ser reconhecido, Aquiles tratara o corpo de seu pai com respeito.

– Aquiles libertou minha mãe, mas ela também está morta agora. – A nobre Andrômaca fitou o rosto de Heitor e sorriu, debilmente. – Você é meu irmão, pai, mãe e amado marido.

Heitor abraçou-a e, colocando-a diante de si, disse:

– Não temo a morte, mas o que acontecerá com você, se os gregos tomarem nossa cidade? Vejo você como escrava na terra deles e por onde quer que passe, carregando água, os homens dirão: Ali vai a esposa de Heitor. Eu estarei no fundo da terra antes de ouvir os gritos que você dará quando eles a levarem embora.

Heitor abaixou-se, afetuosamente, e beijou seu filho. O garoto estava com medo do pai, sujo de sangue, exaurido pela batalha. Segurando a criança, Heitor implorou a Zeus:

– Permita que um dia as pessoas digam, quando esta criança voltar da batalha, que ele é melhor homem do que foi seu pai.

Heitor abraçou o filho novamente e beijou a esposa. Pediu a ela que não chorasse e saiu depois de lhe dizer que sabia que não morreria até que Destino proclamasse que já era a hora.

– Volte para casa, Andrômaca, ore e vá trabalhar na roca de fiar, porque esta é a sua tarefa. A guerra é para os homens e esta guerra, acima de todas, é para os troianos e para o seu marido.

Heitor recolocou seu elmo e, então, viu Páris se apressando para juntar-se a ele. Juntos, os irmãos rumaram para os altos portões de Troia com um único propósito: expulsar os gregos do solo troiano.

ENCONTRO DE CAMPEÕES

Os deuses continuavam observando do alto do Monte Olimpo. Atena estava ansiosa para que as forças troianas encontrassem a destruição entre os seus favoritos, que eram conduzidos por Agamenon. Ela apressou-se em produzir algumas mudanças no rumo da luta.

Apolo, que favorecia os troianos, correu para interceptá-la. Eles se encontraram junto ao rumoroso campo de batalha e, no alarido da luta, os dois astuciosos deuses negociavam.

– Eu sei o que você quer, Atena – disse Apolo. – Nada mais, nada menos do que ver Troia e suas ruas vastas queimarem até as cinzas.

Atena tentou interrompê-lo, mas Apolo continuou:

– É final da tarde. O Sol descerá em uma hora. Persuadirei Heitor a desafiar os gregos a enviar um herói para lutar com ele num duelo.

Atena riu.

– Espero, para o seu próprio bem, que Heitor seja mais corajoso do que o irmão dele.

– Isso nós veremos – disse Apolo.

Atena e Apolo sentaram-se sob um imenso carvalho. Deixaram suas armas protegidas entre os galhos mais altos e aguardaram. Aproveitando uma estiada da luta, Heitor avançou alguns passos adiante das linhas troianas, refreando seus próprios homens com o escudo e a lança.

Então, avançou até a terra de ninguém, o terreno que separava os dois exércitos, para lançar seu desafio.

– Parece que Zeus, de seu alto trono, quer nos ver sofrer até que se ponham abaixo as torres de Troia ou até que sejam os gregos rechaçados para a praia e de volta a seus navios. Proponho interromper esta batalha sangrenta e que eu lute com seu herói, corpo a corpo. O vencedor leva tudo.

Os gregos sentaram-se na poeira para descansar os corpos feridos e ensanguentados, e nisso foram imitados pelos troianos: fileira após fileira de homens, armas prontas junto a si, lanças verticais como espinhos de um porco-espinho gigante.

Enquanto Heitor falava, os dois exércitos ouviam em silêncio.

– Que Zeus seja testemunha! Se vosso homem vencer, ele poderá despir minha armadura e levá-la, ele deve deixar meu corpo para que minha esposa e os troianos lhe deem um funeral adequado. Se Apolo permitir que eu vença, prometo que vosso homem receberá seu funeral e um monumento será erguido em homenagem ao guerreiro morto em combate direto pelo heroico Heitor. Escolham um campeão para lutar comigo.

Ninguém se apresentou. Heitor percorreu com os olhos, vagarosamente, as linhas dos soldados gregos, mas ninguém ousaria sustentar o olhar desse homem intrépido.

Apolo voltou-se sorridente para Atena. Eles observavam dos galhos altos do carvalho – dois urubus com o pescoço curvado esperando, esperando.

Finalmente, ocorreu uma movimentação entre os gregos,

e um homem se pôs de pé. Era Menelau, que gritou para os soldados em volta:
— Vocês, mulheres da Grécia, fiquem aí sentados e apodreçam! Eu lutarei com Heitor.

Menelau começou a preparar sua armadura mais gloriosa, mesmo acreditando que nada o salvaria da morte. Heitor era um grande guerreiro, muito melhor do que ele.

Os gregos precisavam do poderoso Aquiles, mas ele estava recolhido, dormindo, à sombra dos navios.

Agamenon correu até seu irmão e pediu a Menelau para não enfrentar Heitor:
— Irmão, até mesmo Aquiles teme enfrentar Heitor num combate corpo a corpo. Acalme-se, volte a se sentar. Encontraremos outro homem para lutar com ele.

Com relutância, Menelau desistiu do duelo e sentou-se, afastado dos demais homens, envergonhado.

Apolo remexeu-se no galho e ergueu seu pescoço longo e fino para o sol brilhante. Atena ficou imóvel, aguardando. Abaixo deles, Nestor, o sábio ancião, levantou-se para falar.

— O que está acontecendo aqui é o suficiente para fazer toda a Grécia chorar. Como os grandes heróis do nosso passado estariam envergonhados! E como eu próprio estou envergonhado. Se eu fosse mais jovem, aceitaria o desafio. Mas palavras são fáceis, como vocês, covardes, bem o sabem.

Ele prosseguiu, cada vez mais raivoso, até que nove daqueles homens não mais suportassem. Diomedes, Idomeneu e seu escudeiro e seis outros reivindicaram o direito de enfrentar Heitor.

— Vamos deixar a sorte decidir — disse Nestor, e cada homem fez sua marca numa pedra e colocou-a dentro do elmo de Nestor.

A pedra que as mãos de Nestor tiraram do elmo lustrado era a que todos desejavam. Ájax regozijou-se. Levantando-se, ele pediu aos gregos que suplicassem a Zeus por sua vitória.

Na árvore, Apolo observava impacientemente. Atena estava aliviada que os gregos tivessem um homem disposto a enfrentar o poderoso Heitor.

Ájax ajustou sua armadura de bronze cintilante – o metal reluzente afivelado a suas pernas e o metal lustrado em seus ombros, que descia pelas costas, entalhado e delineado com imagens de animais selvagens e da deusa Atena. A lâmina da espada era revestida de ouro e bronze, o elmo encimava com uma juba curva feita de crina de cavalo tingida de vermelho sangue. Ele pegou a lança e o escudo de sete camadas de couro de boi e abriu caminho até o espaço que separava os dois exércitos.

– Agora – Ájax disse a Heitor –, você aprenderá que tipo de homem são os gregos, mesmo quando o melhor de nós, Aquiles, o Destruidor de Homens, descansa entre seus navios. Você verá.

Heitor respondeu a Ájax como um homem corajoso faria, sem gabar-se:

– Eu sei, príncipe Ájax, quem você é, e não pense que pode me amedrontar com palavras. Sou um guerreiro. A distância ou de perto, estou sempre pronto. Mas deixe-me dizer que afinal vejo um homem diante de mim. Então, vamos lutar!

Com isto, Heitor arremessou seu dardo escuro, que varou seis camadas do escudo de Ájax; a sétima resistiu. Ájax arremessou seu dardo, que ricocheteou na protuberância brilhante do escudo de Heitor, rasgando a túnica de couro na altura da coxa. Heitor desviou-se para o lado, e assim o dardo não atingiu sua carne.

Então, os dois guerreiros se atiraram um sobre o outro,

como bestas selvagens. Ájax fez um corte no pescoço de Heitor com um golpe de lança. Heitor inclinou-se para trás, curvou-se e, num movimento rápido, arremessou uma pedra com bordas de arestas e cortantes saliências contra Ájax. O escudo do grego retiniu, no que a pedra bateu na parte protuberante. Mais que depressa, Ájax revidou arremessando uma grande pedra em Heitor, conseguindo fazê-lo perder o equilíbrio e esmagando seu escudo.

Apolo percebeu que seu herói estava a ponto de ser trucidado por Ájax e fez seu protegido se pôr de pé.

Atena ficou furiosa, mas era tarde demais.

Novamente, os dois homens se lançaram um sobre o outro, dessa vez com as espadas de lâminas largas, reluzindo na luz do entardecer. Lutaram sem descanso, por vezes ocultados pelas maciças espirais de poeira que erguiam. Em boa parte do tempo, tudo o que os exércitos captavam era o som do entrechoque do bronze contra o bronze e os grunhidos de fúria, enquanto os dois homens atacavam e desviavam, golpeavam e empurravam.

O Sol começou a cair sobre o mar e sombras escuras se estenderam sobre o chão da batalha. As sombras das compridas lanças se alongaram na poeira do chão.

Numa pausa, enquanto os campeões tomavam fôlego para desacelerar o pesado batimento de seus corações, Heitor disse:

– Ájax, você é um campeão valoroso e um grande arremessador de lança. Eu reconheço. Se eu sugerir que interrompamos a luta, por hoje, podemos nos encontrar de novo e continuar lutando até os deuses decidirem qual de nós morrerá. A luz está diminuindo. Talvez devêssemos considerar isso como um sinal.

Com sangue salpicado nos braços, no pescoço e no peito de ambos, os dois homens resolveram confiar no que enxergavam nos olhos um do outro.

Ájax enfiou sua pesada espada na bainha.

Heitor, para surpresa de seus homens, desafivelou o cinturão e entregou-o, com a espada de tachões de prata, para o oponente. Ájax tirou seu esplêndido cinturão púrpura e deu-o a Heitor.

Os dois homens apertaram-se as mãos e separaram-se como amigos.

O Sol caiu por trás da beirada do mundo.
Noite.

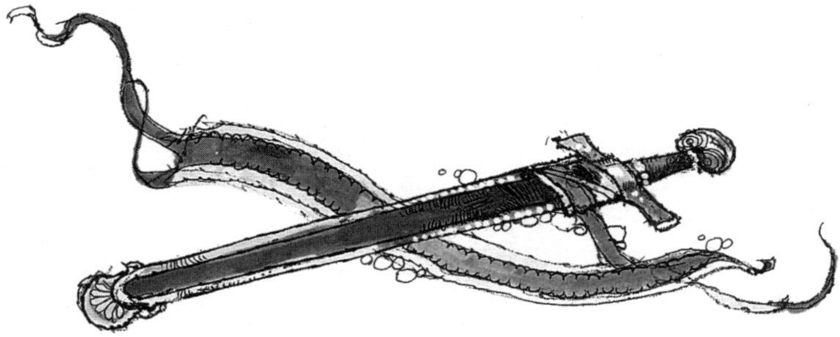

FUNERAIS

Ao longo dos muros de Troia, sentinelas vigiavam a planície acima das praias e dos vultos dos navios gregos.

Pequenas fogueiras cintilavam na planície e mais para baixo, em direção ao mar, enquanto os guerreiros gregos limpavam as armas, reparavam as armaduras fendidas e cozinhavam rações de carne e pão. Logo derramariam um pouco do vinho de seus odres sobre a terra como libação a Zeus, o pai dos deuses. Depois de beber, eles se deitariam sob o céu negro e os pontos tremeluzentes da luz das estrelas, e dormiriam.

Na tenda de Agamenon, os chefes prestaram homenagens à bravura de Ájax. O Poderoso Rei serviu-o, antes de todos, de sua refeição e também da primeira de todas as taças com vinho, de modo que ele pudesse fazer uma adequada oferenda aos deuses. Só então os demais guerreiros puderam comer e beber.

Nestor, o sábio, ficou de pé e pediu para falar. Os demais fizeram silêncio.

– Sugiro que ofereçamos uma trégua aos troianos para podermos recolher nossos mortos. Eles vão querer fazer o mesmo. Então, poderemos cremar nossos amigos e reunir seus ossos para devolvê-los a seus amigos e suas esposas. Ao mesmo tempo, construiríamos uma linha de defesa para proteger nossos navios. Sugiro que seja um fosso profundo e um muro de madeira e pedras, com portões amplos o suficiente para permitir que nossos carros de guerra os atravessem.

Os gregos concordaram.

Nesse meio tempo, nas ruas silenciosas dentro dos muros de Troia, nada se movimentava. Mas, no palácio do rei Príamo, homens e mulheres estavam reunidos para homenagear Heitor por sua coragem.

Um homem tornou a celebração desagradável. Antenor levantou-se e sugeriu que era tempo de terminar com aquela guerra.

– Helena deve ser devolvida, junto com todo o tesouro que Páris trouxe com ela de Esparta. Foi o que prometemos, quando Menelau enfrentou Páris em combate e o derrotou. Não fazer isso será desonroso para nós.

Páris, naturalmente, opôs-se à proposta. Embora relutantemente, ofereceu-se para devolver tudo o que havia levado quando deixou Esparta com Helena, esposa de Menelau. Mas Helena, ele não a devolveria.

Príamo sentiu que era o máximo que se podia esperar como reparação, e sugeriu mandar uma mensagem ao rei Agamenon, para ver se ele concordaria com a proposta. Também podiam sugerir aos gregos que fosse permitido a ambos os lados reunir seus mortos antes que a luta fosse retomada. Os homens do rei Príamo concordaram.

Na manhã seguinte, os gregos acolheram com alegria a trégua, mas se recusaram a aceitar a proposta de paz de Páris, a menos que Helena também lhes fosse devolvida. Assim, enquanto o Sol se erguia, lançando uma luz dourada sobre as colinas e, abaixo destas, sobre os navios gregos, pequenos grupos de homens podiam ser vistos deixando os portões de Troia e, no outro lado, as praias e os navios dos gregos.

Os gregos reuniram os corpos de seus amigos e lavaram-nos com todo cuidado. A seguir, reuniram em imensas pilhas gravetos, galhos e madeira trazidos pelo mar. Nestas, eles gentilmente colocaram os corpos com suas armaduras, e oferendas de comida e vinho.

Logo, os troianos, dos muros, e os guardas, perto das praias, viram rolos de fumaça pálida se erguendo de incontáveis piras. Era uma tarefa desoladora.

Enquanto isso, os gregos, seguindo a sugestão de Nestor, construíram um muro defensivo ao longo dos acessos das praias para proteger seus navios.

Zeus, Senhor da Luz, a tudo observava, do Olimpo, e viu os gregos construírem seu muro. Possêidon, o Sacudidor de Terras, ao seu lado, estava furioso.

– Eles não nos pediram permissão. Não fizeram libações. Não nos dirigiram preces, nem um mero arenque sacrificaram a nós. E este muro é um grande trabalho que se tornará famoso... Mais famoso do que os muros que Apolo e eu construímos – Possêidon grunhiu.

Zeus riu.

– Não se preocupe com as histórias que o lembrarão, velho Sacudidor de Terras. Você sempre será famoso. Uma única tempestade poderia derrubar a grande obra que construíram. Você pode constatar o que digo. E amanhã estarão novamente tentando esganar uns aos outros, para sua diversão.

Pequenos grupos de homens na zona de combate trabalhavam para desembaraçar corpos de amigos presos, na morte, e corpos de inimigos. Eles afugentavam com pontapés os pássaros comedores de carniça, já bicando olhos e destrinchando vísceras, e carregavam os restos mortais retalhados para as piras.

Fizeram as honras aos amigos mortos e os enviaram em paz para o Hades. O Sol se pôs novamente e, para os sentinelas que observavam dos muros altos de Troia, era como se as chamas ardentes e crepitantes de cinco mil piras funerárias estivessem refletidas nas estrelas.

No céu escuro, luzes tremulavam, e os trovões ressoavam numa advertência sem fim.

Zeus estava agitado.

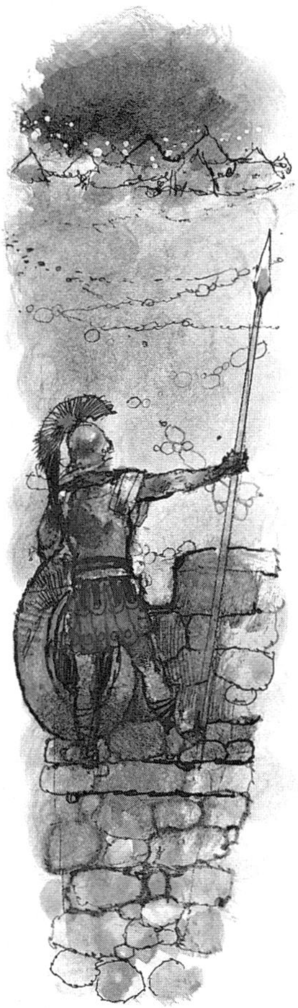

PARA A BATALHA DE NOVO

Era cedo. O Sol cintilava palidamente na poeira seca da planície, refletindo-se na orla do mar. Os dois exércitos preparavam-se para lutar, mais uma vez. No Olimpo, Zeus não estava no melhor dos humores. O senhor dos céus pediu uma reunião dos deuses, determinando que ninguém deveria intervir no combate, a não ser ele. Os outros deuses escutaram-no, amedrontados, e estremeceram como se suas palavras retumbassem sobre os topos das montanhas.

– Aquele que me desobedecer... – Ele cravou os olhos em sua esposa, Hera, em Atena e em Apolo. – Aquele que ousar até mesmo pensar em ajudar troianos ou gregos, eu o lançarei no mais profundo abismo de horrores do Tártaro. Ninguém interferirá nesta batalha... nem mesmo se o favorito de qualquer de vocês estiver sendo trucidado. Está me ouvindo, Afrodite?

A deusa brilhante assentiu com a cabeça, pela primeira vez incapaz de falar, por temor a Zeus.

– Se alguém me desafiar, eu tomarei a Terra, o Inferno e o Mar e os pendurarei a todos sobre o abismo mais escuro e os deixarei, a eles e a vocês, balançando ali para sempre.

Finalmente, Atena recuperou a voz.

– Pai Zeus, lamentamos pelo terrível destino dos exércitos abaixo.

Os deuses podiam ver o exército grego pronto para o combate, no campo da morte. Deixando apressadamente os portões troianos, vinham os carros de guerra e tantos homens quanto as pontas do restolho nos campos, depois da colheita.

Zeus liberou um trovão e a batalha foi iniciada. Primeiro, as rajadas sibilantes de flechas, seguidas do estrépito dos dardos sendo arremessados e aparados pelos escudos e peitorais, e dos roucos sons penetrantes dos que varavam gargantas, peitos e crânios. O retinir desesperador das espadas contra o bronze, das espadas contra os ossos, o rasgão das lâminas perfurando a carne, e gritos terríveis de homens morrendo preenchiam o ar com um rugido incessante, como se a Terra fosse um animal gritando de terror para que o mundo inteiro escutasse.

A batalha prosseguia, raivosa, em avanços e recuos.

Diomedes quase ia sendo morto, sob o ataque de Heitor. Ele foi forçado a fugir e Heitor gritou insultos às costas do bravo grego.

Zeus arremessou uma flecha de fogo que calcinou o chão, queimando tudo o que foi tocado. Isso aterrorizou os gregos, que acreditaram ser um claro sinal de que Zeus estava com as forças troianas.

Hera suplicou a Possêidon para fazer alguma coisa para frear os troianos, mas mesmo o Senhor do Terremoto não ousava desafiar Zeus.

Os gregos recuaram. Fez-se um caos de morte no profundo fosso que haviam cavado junto à muralha.

Agamenon chamou os gregos, tentando reagrupá-los. Privadamente, suplicou a Zeus para não deixá-los morrer naquela armadilha que eles próprios haviam preparado.

Zeus comoveu-se e enviou um sinal. Uma águia voou sobre a encosta próxima com um filhote de corça em suas garras. O imenso pássaro revoou bem acima do campo de batalha, até pairar sobre os gregos. Então, soltou o filhote de corça. Os gregos perceberam que se tratava de um sinal de que Zeus havia mudado de lado e atiraram-se sobre os inimigos com todo o vigor.

Zeus conhecia a dor e o sofrimento do campo de batalha. Ele desviou os olhos, e os guerreiros seguiram lutando.

A MENSAGEM DE ZEUS

Aquiles permanecia sentado na praia, entre os navios gregos, jogando dados com seus guerreiros. Ele ignorava o rumor distante da batalha. Ájax tinha um parceiro de luta, um arqueiro chamado Teucro. Ájax o protegia com seu escudo, enquanto ele vergava seu arco curvado feito de chifre, então Ájax movia o escudo para o lado, de forma que Teucro pudesse mirar no alvo. Subitamente, uma flecha sibilava, atingindo uma garganta troiana, ou um olho, ou um cérebro. Eles procuraram por Heitor, o mais bravo dos troianos no campo de combate. Então, Teucro o viu, em meio à luta. Ele curvou seu arco e fez pontaria. A primeira flecha matou um dos filhos mais jovens de Príamo, a segunda matou o auriga do carro de guerra de Heitor. Heitor chamou outro para tomar as rédeas e pulou para o chão. Pegando uma grande pedra, arremessou-a, atingindo Teucro, que naquele momento tinha deixado a proteção do escudo de Ájax, em cheio. Teucro estava fazendo pontaria sobre Heitor quando o troiano arremessou a pedra que atingiu o ombro do arqueiro, entorpecendo seu braço. Heitor adiantou-se para matá-lo, mas, enquanto Ájax protegia Teucro com seu escudo poderoso, dois

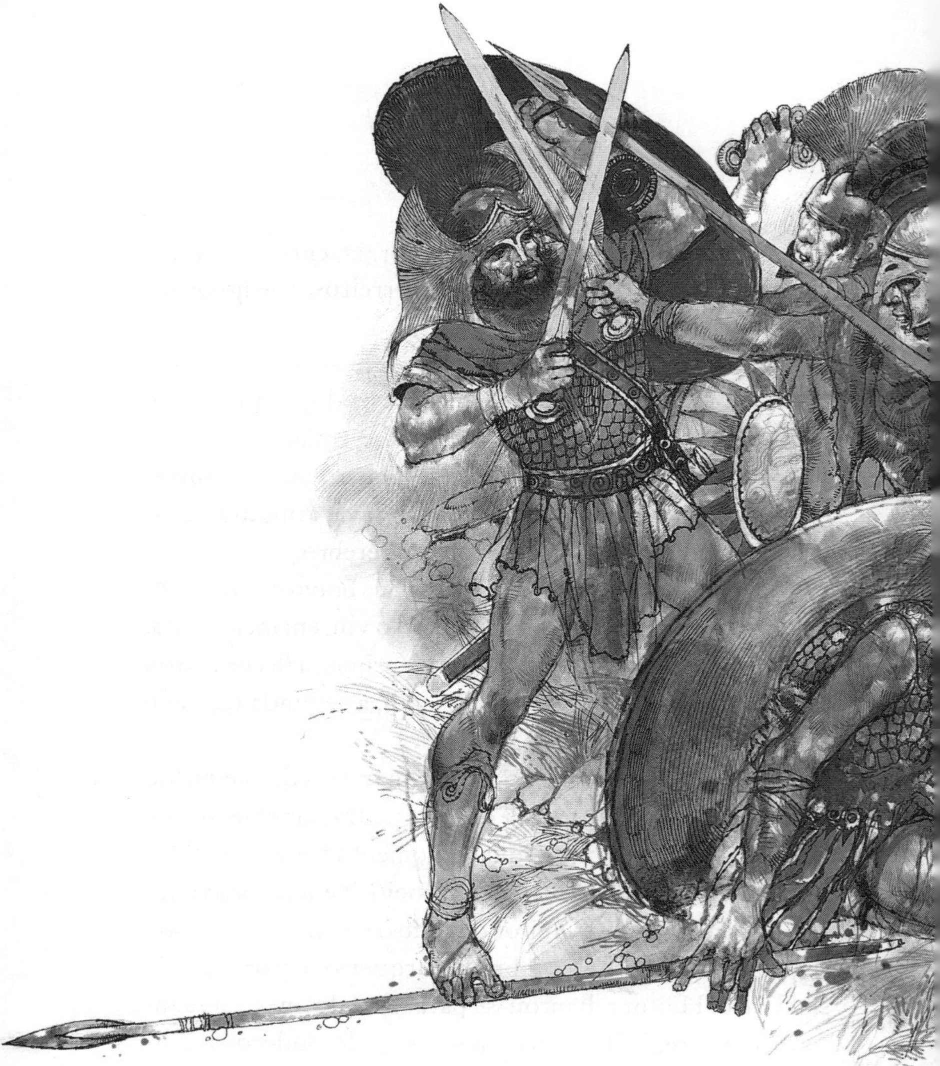

gregos ergueram e levaram o arqueiro que gemia para longe do perigo.

Lá no alto, no Olimpo, as deusas choravam pelos gregos, que estavam sendo forçados a recuar novamente. Heitor ordenou aos troianos que incendiassem os navios, quando os alcançassem. Sem os navios, os gregos estariam perdidos.

Hera e Atena imploraram a Zeus para dar aos gregos uma chance.

Zeus enviou uma mensagem de onde estava descansando, enquanto o Sol atravessava o mar vinho-escuro.

– Essas deusas sabem o que acontecerá se sequer pensarem em interferir. Transmita a elas – disse o poderoso deus ao seu mensageiro – que Heitor continuará fustigando seus inimigos até que Aquiles volte à luta. E isso não acontecerá até que os troianos se aproximem dos navios, carregando tochas. Os gregos lutarão para proteger Pátroclo, o amigo de Aquiles, que ainda não está morto. Então, e somente aí, Aquiles retornará à batalha.

O Sol tornou-se carmim sobre o mar negro. Os troianos se retiraram, para grande alívio dos gregos, que já iam desejando ardentemente que o Sol abandonasse o céu. E de fato o Sol sumiu justamente a tempo.

UM PEDIDO DE DESCULPAS

Estava frio nas praias quando o Sol mergulhou no mar. Os gregos se acotovelavam atrás de sua murada. Podiam sentir o cheiro da carne cozinhando nos fogos troianos, muito próximos à sua linha de defesa. Estavam apavorados.

Agamenon percorreu a praia, tocou o casco de seus altos navios, orou a Zeus e decidiu reunir o conselho de guerra. Quando todos estavam reunidos, ergueu sua poderosa cabeça e os membros do conselho enxergaram lágrimas em seus olhos.

– Dez anos atrás – ele falou –, contei a vocês que Zeus me prometeu que destruiríamos as possantes torres de Troia e traríamos de volta Helena, juntamente com mil mulheres troianas. Mas ele me abandonou.

Os chefes ficaram estarrecidos enquanto Agamenon continuava:

– Acredito que devamos embarcar em nossos navios e rumar para casa. Troia nunca será nossa.

Ele desviou o rosto dos olhos que o acusavam. Todos sabiam que ele os estava testando outra vez.

Diomedes levantou-se e disse o que os outros sentiam.

– Você é o culpado. Sua briga estúpida com Aquiles por causa de uma mulher nos fez perder nosso maior guerreiro. Você acusou a outros de covardia. Mas deveria dar o exemplo. Coragem é o segredo do poder.

O jovem herói estava ofegante de raiva. Ele prosseguiu:

– Zeus pode ter lhe dado o cetro imperial e as devidas honrarias que isso acarreta, mas não lhe deu coragem. Se você quer ir embora... vá! Se alguém mais quiser acompanhá-lo, então eu digo que se vá também! Eu ficarei e lutarei... sozinho, se preciso. Nós venceremos. Os deuses assim o desejam.

Enquanto os homens aplaudiam Diomedes, Nestor, o Sábio, levantou-se para falar.

– Agamenon, filho de Atreu, Rei dos Homens – ele disse, formalmente –, Zeus fez de você o Poderoso Rei de um grande povo. Você deve lembrar não somente de dar conselhos, mas também de escutá-los.

Nestor olhou em volta e todos os presentes aguardavam suas palavras.

– Você deve trazer Aquiles de volta ao rebanho. Peça desculpas a ele.

Houve uma longa pausa.

Agamenon, vagarosamente, levantou a cabeça e examinou o círculo de homens silenciosos. O fogo lançava sombras bruxuleantes sobre seus rostos, exauridos pela guerra.

Agamenon, Rei dos Homens, assentiu com um movimento de cabeça.

– Eu farei isso – ele disse. – E darei a ele bons presentes. Quando estivermos de volta ao nosso lar, ele poderá escolher uma esposa entre minhas três filhas. Briseida lhe será devolvida. Ela não foi tocada por todo o tempo em que esteve em meu acampamento. Mande mensageiros para perguntar a Aquiles se ele quer me ouvir.

Agamenon voltou a sentar-se entre os chefes, enquanto escolhiam os emissários para fazer a oferta a Aquiles. Ájax foi escolhido para a missão, acompanhando Ulisses, a velha raposa; a estes os chefes julgavam que Aquiles poderia escutar com mais boa vontade.

Enquanto os emissários atravessavam a praia rumo ao acampamento de Aquiles, Nestor e Diomedes mandavam sentinelas para guardar os muros e o fosso que mantinham os troianos a distância.

Uma lua brilhante refletia-se sobre as serenas águas do mar.

Ao se aproximarem da tenda de Aquiles, Ájax e Ulisses escutaram o som de uma lira de prata. No que os dois emissários entraram na cabana, foram barrados por Pátroclo, que estava sentado, escutando seu amigo tocar. Aquiles parou de tocar e ficou em pé, educadamente, em respeito aos dois homens mais velhos.

– Vocês são bem-vindos, senhores Ulisses e Ájax. Escutei, senhor Ájax, que você foi magnífico no combate contra o poderoso Heitor. E também, senhor Ulisses, que você enviou muitos troianos para a noite que nunca termina. Por favor, sentem e comam.

Os homens beberam vinho juntos. Aquiles sabia por que os dois estavam ali, mas não deu nenhum sinal de que iria facilitar a conversa. Comeram carne grelhada trazida para eles por Pátroclo e, finalmente, Ulisses julgou que já era hora de fazer a proposta.

– Meu senhor... – ele começou, quase ao mesmo tempo que Aquiles:

– Nobre Ulisses...

Os dois homens detiveram-se e riram, e Aquiles, educadamente, fez um sinal para permitir a Ulisses que falasse primeiro.

– Estamos diante de um desastre. Os troianos estão sobre nossos muros, ameaçando nos destruir. Zeus os favorece.

Heitor transpassa freneticamente nosso exército e não teme ninguém. Ele espera impacientemente pelo amanhecer para poder lançar tochas em nossos navios e nos massacrar a todos junto a seus cascos queimados. Nenhuma misericórdia é mostrada. Nenhuma.

Ulisses tomou fôlego e continuou, enquanto Aquiles permanecia imóvel e em silêncio:

— Seu pai foi meu amigo querido. Sei que ele lhe disse que as deusas Atena e Hera o tornariam um forte. Mas controle seu orgulho e lembre-se de que generosidade é sempre o melhor. Precisamos de você. Nós, os gregos, precisamos do poderoso Aquiles. E Agamenon admite sua falta em relação a você.

Ulisses e Ájax contaram ao silencioso Aquiles dos presentes que Agamenon havia prometido. Pediram que ele aceitasse os presentes e lutasse ao lado deles.

— Se não puder perdoar a Agamenon pelos seus erros, então apiede-se de nossos guerreiros, que estão exaustos e enfrentam o amanhã com medo nos corações — Ájax argumentou com o homem silencioso.

Ulisses arriscou uma provocação.

— Na terra de ninguém, Heitor brada que não há na Grécia quem se compare com ele. Ninguém que possa derrotá-lo. Talvez seja verdade — disse a velha raposa, com suavidade.

Aquiles ergueu os olhos e, por um momento, Ulisses achou que o havia fisgado. Mas Aquiles balançou a cabeça.

— Ulisses, eu lutei dia após dia, ano após ano e não ganhei agradecimentos de Agamenon. Então, ele arrebatou meu prêmio. Ele finge ser corajoso, mas recompensa os covardes. Nós lutamos muito, o poderoso Ájax e você também, Ulisses, que conheceu meu pai. Eu não respeito Agamenon. Estamos aqui para levar para casa Helena, esposa de Menelau. Talvez Menelau ame Helena. Talvez Helena ame Páris. Eu sei que eu amo Briseida. Agamenon levou-a e a devolve intocada, mas sem dúvida a tomará de novo se assim quiser, porque ele é o Poderoso Rei. Eu não lutarei por ele.

Ulisses ainda tentou persuadir o jovem, mas Aquiles balançou a cabeça tristemente.

– Quando eu estava na luta, troiano nenhum se aproximou, sequer à distância de uma flechada, de nossos navios. Agora, lá estão, sentados junto à nossa muralha, aguardando a luz do amanhecer. Então, cairão sobre os navios com tochas acesas. Que seja. Amanhã, embarco a carga em meus navios, faço oferendas a Zeus e parto.

O jovem herói soltou um suspiro melancólico.

– Ao amanhecer, olhe para o mar e verá meus homens nos remos e os peixes pulando na água junto a nós. Diga a seu rei que eu levarei comigo minha parte nos saques. Tudo, exceto Briseida, que eu amo mais do que ouro, prata, ferro ou bronze, mas não mais do que a minha honra, que foi insultada.

Diga tudo isso a ele diante dos demais chefes... E não volte aqui de novo.

E Aquiles continuou, depois de mais uma pausa:

— Agamenon está louco. É um homem ciumento e avaro, e vai pagar por isso. Quanto a seus presentes, aprecio-os tão pouco quanto ao homem que os concede. Eu jamais me casaria com nenhuma filha dele, mesmo que fosse tão encantadora quanto Afrodite ou tão inteligente quanto Atena. Não, obrigado... Eu, não.

Os emissários recolheram seus mantos logo que Aquiles terminou de falar. O jovem adiantou-se até a entrada da tenda e, antes que Ulisses e Ájax partissem para a escuridão, ele acrescentou tranquilamente:

— Prezo muito a você, Ájax, por sua coragem, e a você, meu senhor Ulisses, por sua astúcia. Acredito que Zeus não vá deixar Troia ser tomada. Então, sugiro que vocês, também, naveguem para casa na maré cheia do amanhecer.

Os emissários ainda aguardavam, e Aquiles prosseguiu:

— Juro que, mesmo que permaneça aqui, não pensarei na batalha a menos que o príncipe Heitor, filho do sábio

Príamo, ataque meus navios de guerra. Se tentar atear fogo aos meus navios negros, Heitor encontrará quem o detenha.

Ulisses e Ájax se afastaram dos navios de Aquiles, que permaneciam próximos o suficiente da água para que os cascos fossem borrifados pelas ondas. Ambos estavam desapontados por terem fracassado na missão de convencer Aquiles.

Levaram a mensagem à tenda de Agamenon, onde os chefes esperavam. Ulisses lhes contou tudo o que ouvira, e isso os deixou consternados e furiosos.

– Meu senhor – disse enfim Diomedes –, você só fez alimentar a vaidade dele, lhe fazendo esta oferta. Aquiles é um homem muito teimoso e altivo. Devemos estar prontos para o ataque que, seguramente, virá ao amanhecer. Sugiro que tentemos dormir.

Eles saíram da tenda sob o luar. Por toda volta, deitados, os vultos dos guerreiros, estendidos sob cobertores e peles de leão; todos dormiam.

EMBOSCADA

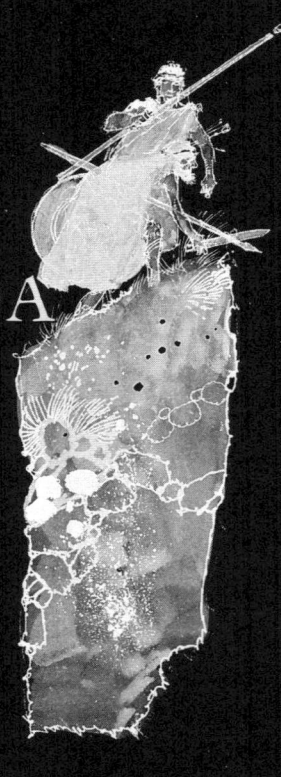

Ainda não amanhecera. Os soldados permaneciam dormindo, espalhados desordenadamente sobre a areia fria, cada qual com escudo e armas prontos para o instante da ação, em que os troianos saltariam sobre eles. Agamenon percorria o acampamento com seu irmão Menelau. Encontraram Nestor, que ia verificando se os sentinelas estavam alertas a qualquer sinal de um ataque troiano. Sendo um soldado experiente, Nestor levava uma sólida lança de ponta de bronze e usava um manto de púrpura para se proteger do frio. Agamenon confessou sua preocupação em relação à batalha que se prenunciava. Ainda acreditava que deveriam bater em retirada, em seus navios. Os três homens foram despertar os oficiais superiores. Diomedes dormia a céu aberto, cercado por seus homens, as lanças fincadas na vertical na areia, próximas às suas mãos. Nestor tocou os pés do homem que dormia.

– Acorde. Por que você deveria dormir enquanto homens mais velhos mantêm a guarda?

Nestor sorriu, afetuosamente, para o corajoso Diomedes, que pegou a lança e a pele de leão que ia dos seus ombros aos calcanhares.

À distância deles, na escuridão, os cães de guerra latiram, então tudo ficou em silêncio.

Nestor sugeriu que ajudaria saber o que os troianos haviam planejado para aquela manhã. Se alguém atravessasse suas linhas, ouviriam alguma coisa, ou fariam algum prisioneiro para interrogatório.

Diomedes ofereceu-se imediatamente e pediu a Ulisses para acompanhá-lo. Ulisses, que gostava de aventuras, concordou.

Diomedes tinha pedido emprestada uma espada de dois gumes. Ele usava um capacete de couro e carregava um escudo. A Ulisses foram dados um arco, uma aljava cheia de flechas e uma espada. Seu elmo era de couro com um forro macio por baixo. O arco estava incrustado com uma fileira de presas de javali.

Ao deixar sorrateiramente o acampamento grego, os homens ouviram o grito estridente de uma garça no pântano.

– Atena nos manda um sinal, meu amigo – disse o homem mais velho, e ele orou para voltarem ao acampamento a salvo e com alguma informação. Então, penetraram com cuidado na terra de ninguém e, por entre as poderosas forças inimigas, se detiveram para tomar fôlego.

Do outro lado, atrás das linhas troianas, Dólon, um homem vaidoso, ofereceu-se para ir até as linhas gregas para tentar descobrir alguma falha nas suas defesas. Ele alardeou sua intenção de chegar até o navio de Agamenon. Preferiu ir sozinho, já que queria toda a glória e recompensa apenas para si. Dólon fez Heitor prometer que receberia os cavalos e o carro de guerra fabulosamente decorado de Aquiles como recompensa. Heitor jurou por Zeus que ele teria ambos.

Dólon deixou às escondidas o acampamento troiano e penetrou na traiçoeira terra de ninguém, usando uma pele de lobo cinza e envergando na cabeça um capacete de pele de arminho. Ao deixar as linhas troianas, apressou o passo.

Ulisses e Diomedes enxergaram o vulto cinza correndo apressadamente em sua direção. Deixaram-no passar antes de saírem correndo em sua perseguição. Dólon pensou que fossem amigos indo juntar-se a ele, ou talvez Heitor tivesse mudado de ideia e quisesse que ele retornasse ao campo.

Uma nuvem escura deslocou-se descobrindo a Lua pálida.

E, naquele momento, Dólon viu que os dois homens eram inimigos. Ele tentou voltar para escapar, mas Diomedes, de passos ligeiros, perseguiu-o e, quando a distância entre os dois diminuiu, fez voar sua lança, deliberadamente errando por um triz o alvo.

Aterrorizado, Dólon estacou.

Ulisses e Diomedes agarraram o homem, que se lamentava. Ele lhes implorou que o deixassem viver. Prometeu ouro, em troca, que seu pai pagaria se o poupassem.

Ulisses disse a Dólon para não pensar na morte. Eles somente queriam saber se Heitor o tinha enviado e por quê. Ou será que tinha se aventurado por razões próprias?

Trêmulo de medo, Dólon contou a eles que Heitor o tinha persuadido a aceitar espionar os gregos, prometendo-lhe os cavalos e o carro de guerra de Aquiles.

– Heitor queria saber se os navios estavam vigiados e se os homens estavam pensando em fugir.

Os dois homens apavoraram o espião troiano. Perguntaram sobre sentinelas e senhas, e Dólon contou-lhes tudo. Diomedes ocultou sua espada atrás das costas dele.

Ulisses empurrou o homem amedrontado para as sombras de uma árvore antiga e, sorrindo sempre, perguntou-lhe onde Heitor estava e se ele mantinha sua armadura perto de si.

– Seus cavalos estão próximos e preparados? Eles planejam mesmo destruir nossos navios ou voltar para a cidade depois que derrotarem os gregos? Basta nos responder com a verdade, meu amigo – cochichou a raposa astuta.

E foi o que Dólon fez. Ulisses indagou-lhe as posições de todos os mais importantes guerreiros do exército troiano e onde estavam os cavalos, as lanças e os arcos.

Dólon, temendo por sua vida, revelou tudo.

– E há dois dos cavalos mais bonitos que já vi, que pertencem ao rei da Trácia. Ele dorme junto a eles e seu glorioso carro de guerra, perto da linha de frente, mais à direita. Os cavalos são brancos como a neve e o carro de guerra é decorado com ouro e marfim.

Os dois gregos sorriram um para o outro com essas informações.

Dólon continuou:

– Contei tudo o que sabia, como prometi que faria. Agora levem-me como refém para suas linhas. Eu não farei nenhum barulho.

Diomedes desceu os olhos para o miserável homem que estava acocorado, abraçado aos joelhos, em submissão. O grego desembainhou a espada de dois gumes de trás de suas costas e decepou a cabeça do troiano. Dólon estava morto antes que terminasse a frase.

Os dois gregos foram para trás das linhas troianas. Próximo a um grupo de homens dormindo, encontraram os dois cavalos brancos que pertenciam ao rei Reso. Ulisses matou três guardas e um auriga, então atrelou os agitados cavalos ao próprio carro de Reso. Enquanto isso, Diomedes matava em silêncio mais doze troianos adormecidos. Ulisses assobiou tão logo os cavalos ficaram prontos. Diomedes montou no carro de guerra. Ulisses conduziu-o como o vento através do acampamento troiano, alcançando a segurança, já ultrapassando a vanguarda das linhas gregas.

A chegada deles com cavalos maravilhosos e as informações de que haviam matado dezessete troianos, sem sofrer sequer um arranhão, reanimaram o espírito dos gregos.

Enquanto os cavalos eram esfregados, alimentados e supridos de água, Ulisses e Diomedes foram até o mar e lavaram o suor e o sangue de seus corpos, esfregando-se com óleo de oliva. A seguir, fizeram várias libações para a deusa Atena.

O deus-arqueiro Apolo estava furioso.

GUERRA!

O amanhecer caiu sobre o mar prateado, tocando com leveza as torres do portão de Troia com a luz do Sol. Um olhar aguçado podia distinguir mulheres nos muros, observando a planície, à procura de seus maridos, filhos e amantes. Os guerreiros troianos estavam ainda cobertos pela penumbra no momento em que o Sol já se refletia nas proas altas e côncavas dos velozes barcos gregos, passava sobre os olhos pintados neles em amarelo, vermelho e preto e roçava as lanças ainda enfiadas na vertical, na areia. Os gregos estavam prontos, como cães de caça prestes a se desatrelarem.

Agamenon pôs-se de pé diante deles, ávido pela batalha. Seu elmo com uma crista vermelha cintilava na luz amarelada da manhã. O peitoral com tiras de esmalte azul-escuro, dourado e bronze tinha três cobras que se enroscavam pelo pescoço. As tachas douradas que brilhavam em sua espada e a protuberância com o rosto da Górgona de seu escudo refletiam a luz, em linhas fascinantes, nos rostos ansiosos de seus homens e para o alto, no céu distante, de onde Hera e Atena o saudavam.

Os guerreiros gregos esperavam as ordens de seu líder.

E continuaram esperando... esperando...

Para além do fosso grego, os troianos enfileiravam-se atrás de seus capitães. Os jovens e gloriosos Eneias, Agenor e Polídamas reuniram-se a Heitor, que caminhava em meio a seu exército, encorajando os guerreiros. Eles queimariam a frota grega, onde estivesse, e matariam os gregos sem misericórdia.

A batalha estava para começar.

Agamenon percorreu os soldados com os olhos e Nestor ergueu a espada para saudá-lo. Ulisses também ergueu sua espada.

Diomedes e Ájax esperavam... concentrando-se em escutar a palavra que os lançaria como os primeiros a entrar em combate.

Agamenon ergueu a espada e rugiu:

– GUERRAAAAAAA!

Os ferozes guerreiros atiraram-se ao fosso como uma onda avassaladora. Praticamente não tiveram de vencer nenhuma distância para atirar-se contra o grosso do inimigo.

Atravessando a manhã e o calor do meio-dia, a batalha prosseguiu, medonha. Era uma luta implacável, inflexível e violenta.

Na praia, Aquiles escutava os rumores, mas virou o rosto e continuou emitindo acordes de sua lira de prata.

Carros de guerra retumbaram sobre os espaços abertos, cavalos disparavam fora de controle, levados à loucura pelo barulho e pelo odor de sangue. Heitor e outros guerreiros intrépidos deixaram seus carros para lutar a pé – corpo a corpo, lâmina a lâmina.

O sangue encharcava a areia sob os pés, corpos eram pisoteados, colocados de lado e despojados de suas armaduras. Nos braços e pernas cresciam feridas como flores, ombros eram esmagados, rostos rasgados por espadas penetrantes e por lanças pontiagudas. Era a GUERRA.

Agamenon fez sua parte da matança, mandando levar as armaduras pilhadas para seu carro, e então procurou mais heróis troianos para mandar para a escuridão eterna.

Gregos e troianos caíam como grãos de milho sob a ceifa. Mas continuavam investindo. Para cada um que morria, outro tomava seu lugar.

Zeus observava tudo, lá de onde estava sentado, no Monte Ida. Viu Troia e os navios gregos, a onda efervescente de homens, bronze, sangue correndo sob os pés dos guerreiros em fúria.

Heitor comandava os homens com bravura e foi o responsável por enviar boa parte dos gregos para a escuridão sem fim.

Era a GUERRA!

Dois irmãos imploraram a Agamenon por misericórdia, mas o grego atravessou o peito de Pisandro com sua lança e o arrancou do carro de combate. Hipóloco saltou do carro para defender o irmão. Agamenon decepou sua cabeça e braços e seguiu adiante.

Era a GUERRA!

Carros de guerra vazios dirigidos por cavalos enlouquecidos de medo corriam em círculos mortais entre os homens que lutavam. Os gregos precipitavam-se avidamente sobre a planície em direção aos muros da cidade.

Agamenon conduziu os homens até os muros da cidade.

Zeus, vendo isto, chamou por Íris, sua mensageira.

– Diga a Heitor que, quando ele vir Agamenon se retirar do campo de batalha em seu carro de guerra, é hora do contra-ataque. Eu, Zeus, darei a ele a força para obrigar o recuo deste homem até os navios gregos, e então o Sol irá se pôr.

Encorajado, Heitor instigou seus homens a manter posições e resistir aos gregos.

Agamenon dirigiu novo ataque contra os troianos. De

repente, ele se viu confrontado por Ifidamante da Trácia. Ifidamante investiu à frente e enfiou sua lança na couraça do Poderoso Rei. Ele jogou todo o seu peso sobre a lança, mas não conseguiu varar o cinturão de Agamenon.

O grande comandante dos gregos puxou a ambos, lança e homem, para si, arrancou-lhe a arma das mãos e o apunhalou de cima para baixo. Ifidamante caiu, a garganta atravessada, já entrando na escuridão sem fim.

Agamenon estava despindo-o da armadura quando Cóon, o irmão do morto, atacou-o. A ponta da lança penetrou no antebraço do Poderoso Rei. Enquanto Cóon tentava resgatar o cadáver de Ifidamante, Agamenon golpeou-o, matando-o. Então, embora com o braço vertendo sangue, ele recolheu a armadura de ambos os homens e foi atrás de seu carro de combate.

O auriga aproximou-se o suficiente para Agamenon saltar para dentro do veículo, e assim ser levado da batalha para tratar dos ferimentos, atrás das suas linhas.

Heitor, lembrando as palavras de Zeus, mandou que seus homens lutassem com toda força, agora que o Poderoso Rei grego tinha se afastado. Os troianos partiram para cima de seus inimigos, rosnando como cães de caça. Os gregos, como javalis selvagens, sangrando e agachados numa floresta escura, foram forçados a recuar. Heitor surgiu abrindo brechas nas fileiras gregas.

Os gregos viraram-se para fugir e os troianos caíram sobre eles como ondas.

Diomedes foi ferido e levado para trás das linhas gregas, e até Macáon, o grande curandeiro, foi ferido por uma flecha disparada por Páris. Macáon, amigo de Aquiles, foi retirado às pressas no carro de Nestor, para ser tratado. Ele era valioso demais, como curandeiro, para que os gregos se dessem ao luxo de o perderem.

Ulisses lutou como o leão que era. Usando sua lança como espada e machadinha, abatia homens como um lenhador cortando árvores. Énomo e Quersidamante caíram e se misturaram à poeira do solo. Cárope, outro troiano, cerrou seus olhos para o dia. Soco gabou-se de que mataria Ulisses e feriu-o com um arremesso de lança. Ulisses atravessou Soco com sua lança entre os ombros, e sua ponta emergiu no peito do troiano.

Ulisses pisou sobre as costas do homem morto; arrancava sua lança, mas também sangrava devido ao ferimento.

– Ajudem-me! – ele gritou para seus amigos. – Me deem cobertura! Socorro!

Os troianos continuavam a matar, mas Ájax e Menelau foram ajudar Ulisses, dando cobertura à velha raposa. Quando os troianos viram quem o estava protegendo, espalharam-se para abater com mais facilidade suas vítimas. Apoiando-se em Menelau, Ulisses foi levado para seu carro de guerra e conduzido para fora da batalha.

Em outra ala, os troianos estavam sendo forçados a recuar até que Heitor correu para reunir-se a eles, atirando-se logo no fragor da luta.

Troianos e gregos pisoteavam cadáveres. Os carros, com rodas revestidas de ferro, passavam por sobre as poças de sangue, que respingava nos eixos dos veículos de combate. Heitor viu Ájax protegendo Ulisses ferido, mas evitou-o.

Ájax, examinando em volta, viu que os gregos estavam em perigosa inferioridade numérica e começou a recuar lentamente, sem perder de vista os inimigos, virando-se para rechaçá-los vez por outra, de modo a dar a si próprio e a seus homens tempo para alcançar as defesas gregas.

Eurípilo, rei de Cós, vendo Ájax em perigo, arremessou seu dardo e atingiu um troiano que estava a ponto de atacar Ájax com toda selvageria. Ainda no instante em que o dardo era arremessado, Páris vergou seu arco e feriu Eurípilo com uma flecha. Eurípilo buscou a proteção de seus homens, com a flecha ainda fincada na coxa.

Atrás das linhas, o carro de guerra de Nestor acelerou em direção aos navios e tendas dos gregos, carregando os feridos, incluindo o curandeiro Macáon. Passaram pelo navio de onde Aquiles observava a desesperada batalha. Aquiles desceu os olhos, vendo o amigo ensanguentado passar no carro de feridos.

Macáon foi deitado com cuidado no chão da tenda, e o ferimento foi tratado seguindo suas próprias orientações.

De repente, na entrada da tenda, apareceu Pátroclo, o favorito de Aquiles. Nestor cravou nele os olhos, irritado.

– O que você quer conosco? – Nestor perguntou. – Estamos ocupados aqui.

– Preciso saber da gravidade do ferimento de Macáon. Aquiles está preocupado. E devo me apressar porque Aquiles é um homem impaciente.

– Só não entendo por que ele está preocupado com esta única vítima quando todo o exército padece. Diomedes, Ulisses, Agamenon, todos estão feridos, e Eurípilo ainda tem uma flecha na coxa. Aquiles tem uma estranha forma de mostrar preocupação. Será que ele está esperando que nossos navios ardam em chamas e que sejamos todos massacrados? Queria apenas ainda ser um jovem, meu senhor. Então, mostraria a Aquiles o significado da coragem.

E o ancião virou as costas para Pátroclo, acrescentando:

– Se você quer ajudar, convença seu mestre a deixar você entrar na batalha envergando a armadura dele e comandando as hordas que ele trouxe, em vez de deixá-las ficar na praia jogando dados. Assim, você traria homens descansados para a luta, e poderíamos forçar os troianos a recuar.

– Eu tentarei – prometeu Pátroclo.

Ele deixou rapidamente a tenda e dirigiu-se para a praia. No caminho, passou pelos navios de Ulisses. Lá, sentado, encontrou Eurípilo, a flecha cravada profundamente na coxa. Movido por sua bravura, Pátroclo ajoelhou-se na areia junto ao homem suarento e perguntou:

— Há alguma esperança de determos Heitor ou seremos destruídos ainda no dia de hoje?

Eurípilo balançou a cabeça.

— Todos os nossos heróis estão feridos e o inimigo parece cada vez mais forte. Não há esperança.

Pátroclo suspirou e fez menção de sair.

— Antes que você se vá para dizer a seu mestre, Aquiles, que somente ele poderia mudar a sorte a nosso favor, ajude-me. Arranque esta flecha, lave o ferimento e deixe-me a salvo no meu navio. Sei que você pode me curar, pois aprendeu tais artes de Aquiles, que, por sua vez, as aprendeu de Quíron, o Centauro.

Pátroclo pegou sua afiada faca, deu a Eurípilo o cabo de uma espada para ele morder, então cortou a carne e arrancou a flecha de três farpas de sua coxa.

Mais acima, na planície, o combate continuava a rugir.

AUGÚRIOS

Homens desesperados cometem atos desesperados. Assim acontece na guerra.

Os troianos, determinados a alcançar os navios no outro lado do fosso, forçavam a passagem, mas eram refreados na enseada por dois imensos homens. Por trás deles, os gregos desesperadamente se reorganizavam.

O fosso era largo demais para os carros de guerra o atravessarem. Os cavalos empacavam quando chegavam à beirada. Os gregos o haviam guarnecido de estacas afiadas para tornar a travessia ainda mais difícil.

De trás da paliçada, os gregos disparavam uma saraivada sem fim de flechas e pedras. Arqueiros disparavam também do lado troiano, e a paliçada ficou coberta de flechas, como um porco-espinho com seus espinhos eriçados desafiadoramente.

Ambos os lados despejavam tempestades de pedras contra os inimigos. O estardalhaço e o trovejar dos elmos e escudos eram ensurdecedores.

Os gregos tinham de manter-se firmes em sua posição. Recuar agora seria permitir aos troianos chegar à praia e alcançar os navios.

Os troianos erguiam seus escudos, atacavam e eram repelidos repetidamente.

Heitor e Polídamas formaram um grupo de assalto composto dos mais bravos troianos. No que se sentiram preparados para saltar para o fosso, ouviram um berro dos homens atrás deles.

Voando ao longo das suas fileiras, alto no céu, uma águia lutava para manter presa alguma coisa em suas garras cruéis.

No que a ave baixou seu voo, os homens viram que ela segurava uma imensa cobra vermelho-sangue. As asas da águia se abriram, procurando equilibrar seu voo, enquanto lutava com a besta que se contorcia. E assim como a ave lutava, o mesmo fazia a cobra. A serpente cravou suas presas no pescoço da águia.

Em agonia, o imenso pássaro soltou a serpente, que caiu entre os troianos, enquanto a águia, gritando de dor, afastou-se num redemoinho de vento.

– Zeus está nos mandando um aviso... Zeus está virando-se contra nós... O Senhor dos Raios e Trovões está ao lado dos gregos – cochichou um soldado, amedrontado, enquanto a cobra contorcia-se no chão.

– Não estou interessado em pássaros e cobras e nos assim chamados augúrios. Zeus, o Trovejador, prometeu-me a vitória e está conosco – declarou Heitor, ordenando que a companhia voltasse para a batalha.

E realmente parecia que Zeus estava do lado de Heitor. O deus dos deuses fez erguer-se uma ventania que soprou areia e poeira nos rostos dos gregos, que ainda tentavam rechaçar os atacantes troianos. Com esforço, as defesas gregas continuavam a resistir.

Foi Sarpédon quem mostrou aos troianos por onde conduzir o assalto mortal, ao atravessar correndo a fossa e galgar os montes de pedras que formavam a base do muro. Ele foi seguido por homens determinados a fazer recuar os guerreiros gregos.

O fragor era tão alto quanto uma avalancha de inverno nas montanhas de Creta. Os guerreiros pediram a ajuda de Ájax. Ele e Teucro, o arqueiro, começaram a derrubar os guerreiros que tinham seguido Heitor na travessia do fosso até a base da muralha. Teucro abatia os homens com suas flechas e Ájax esmagava seus crânios e quadris com grandes pedras atiradas de cima do muro.

No entanto, aos poucos mas inegavelmente, os troianos iam começando a firmar uma cabeça de ponte.

Ao longo, espalhavam-se as muralhas de pedras, encharcadas do sangue dos troianos e gregos. Era Zeus que fazia pender a balança a favor dos troianos, e Heitor orde-

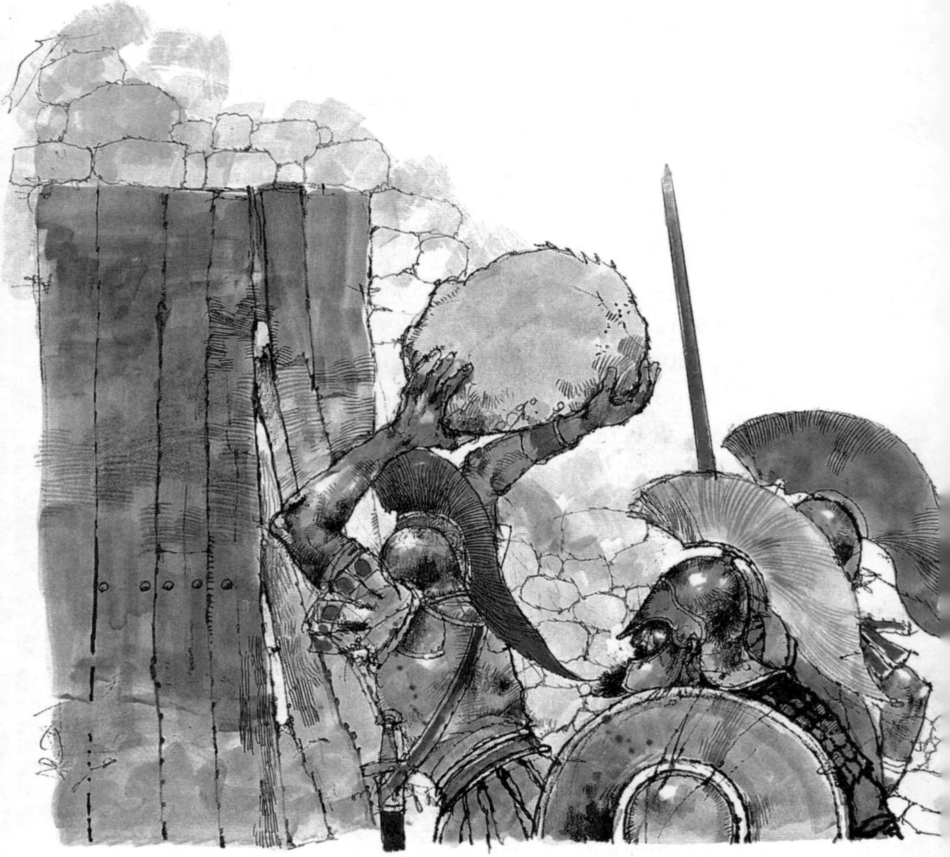

nou aos berros a seus soldados que derrubassem os imensos portões gregos.

Heitor curvou-se para agarrar uma enorme pedra que nenhum outro homem conseguiria levantar. Foi Zeus quem lhe deu forças para tanto. O troiano ergueu a pedra e a arremessou... Os portões foram arrancados de seu umbral, estilhaçados pelo impacto da enorme pedra. A brecha foi imediatamente preenchida por um caos de homens e armas.

Heitor, agarrando duas lanças, investiu para a abertura, tendo no rosto uma expressão só comparada ao cair da noite.

Ele e seus homens espalharam o pânico entre os gregos e correram para alcançar os barcos curvos de seus inimigos.

O inferno estava à solta na praia.

OS DEUSES

ENTRAM EM CENA

Os gregos lutavam, corpo a corpo, em desespero. Cada passo afundava em poças de sangue, enquanto os troianos avançavam sobre a areia traiçoeira, em direção aos sólidos cascos de madeira dos navios de pescoço de cisne. A fumaça e as chamas espiraladas de suas tochas aproximavam-se cada vez mais.

Os navios estavam estacionados sobre as areias, escorados verticalmente por grandes postes de madeira, do mesmo modo como sempre estiveram, e no mesmo lugar, desde a chegada da esquadra grega. Seus mastros e remos estavam guardados em segurança sobre pilhas do saque arrebatado pelo exército grego.

Heitor gritou:

– Venham, troianos! Incendiaremos estes navios sem a ajuda de sinais e de presságios dos deuses. Aquela cobra vermelho-sangue não foi nenhum aviso de Zeus.

Seus homens acreditaram nele porque Heitor atirava--se magnificamente para o centro mais convulsivo da luta.

Possêidon, que favorecia os gregos, emergiu das ondas e ficou observando o combate do topo de uma montanha na Samotrácia. Ele ficou furioso por Zeus ter ajudado apenas as tropas troianas. Então, deslocou-se encosta abaixo, fazendo as florestas tremerem enquanto precipitava-se para o mar. Ele atrelou os cavalos mais velozes a seu carro e conduziu-o através das ondas.

No que as tropas troianas estavam certas de que tinham os navios gregos nas mãos, escutaram uma ventania começar a rugir, e lá veio a tempestade acompanhando a passagem de Possêidon em direção às linhas gregas.

Possêidon, o Treme-Terra, encontrou Ájax e lhe disse que os gregos poderiam ainda manter suas posições, mas necessitariam de reforços. Não devia ser permitido a Heitor escancarar as últimas defesas e se aproximar dos navios para queimá-los.

Elmo contra elmo, escudo forçando escudo, lança contra lança, os gregos mantiveram suas linhas, resistindo ao assalto de Heitor e seus homens, repelindo-os outra e outra vez.

Os gregos dispersavam os ataques do inimigo como uma imensa pedra que se quebra ao colidir com as maiores ondas de uma tormenta.

Possêidon incitava o chefe cretense Idomeneu:

– O que aconteceu com seus alardeios sobre forçar os troianos a recuar para sua cidade, que então estaria em chamas?

Idomeneu replicou, com brio:

– Ninguém rompeu nossas linhas, até agora. E ninguém mostrou covardia nem fugiu desta medonha batalha. Não morreremos aqui para servir de carniça para cachorros troianos!

Idomeneu chamou seu escudeiro, ordenando que viesse depressa. Suas tropas se deslocaram, reforçando o flanco esquerdo. Quando os troianos viram Idomeneu chegando, feroz como uma chama, atacaram-no com toda selvageria.

E a batalha prosseguiu, junto às proas curvas dos navios. Os campos de morte repletos de compridas lanças ávidas por carne, e os olhos já ofuscados pelo brilho do Sol refletido nos escudos e peitorais de bronze.

Enquanto tudo isso acontecia, Aquiles permanecia sentado, de mau humor.

Idomeneu partiu para o ataque, determinado a trazer a noite para o maior número possível de troianos. Meríones lutou arduamente. Ájax lutou como um deus. Menelau abateu Pisandro, o troiano, com sua espada, ferindo-o exatamente acima do nariz. Ele girou, tombando, e Menelau despojou-o da armadura.

Mas, com tantos grandes guerreiros feridos, estava difícil para os gregos. Ulisses, Diomedes e Agamenon estavam feridos. Agamenon sugeriu novamente que se pusessem ao mar, em fuga.

Ulisses ficou furioso.

– Como vamos arrastar os navios para a água com os

troianos nas nossas costas com lanças e espadas? Não é nada prático. Nós não temos escolha senão lutar.

Possêidon ouviu isso e regozijou-se. Disfarçado como um ancião, falou como se conhecesse muito bem a todos ali.

– Meus senhores, não devem pensar que todos os deuses estão contra vocês. Prometo, logo chegará o dia em que os troianos baterão em retirada pela planície poeirenta para se abrigarem atrás dos muros de sua cidade.

Possêidon, sem disfarces, agora, bradou seu grito de guerra e injetou nova coragem em todos os corações gregos.

Hera estava observando do Olimpo e ficou satisfeita de ver seu irmão Possêidon empenhado no campo de batalha. Ela também viu Zeus, sentado sozinho no Monte Ida, planejando como ajudar os troianos. Então, Hera imaginou um ardil para distrair Zeus e dar aos demais deuses a chance de entrar em cena.

Heitor e seus guerreiros romperam as linhas gregas e levaram as tochas fumegantes para junto dos navios. Restava a Hera pouco tempo.

Os troianos ergueram suas tochas, ganhando cada vez mais terreno.

Hera atraiu, então, Zeus para seus braços. Primeiro, ela esfregou ambrosia e óleos perfumados no corpo, depois, penteou e trançou os cabelos, e colocou uma túnica gloriosa que Atena tinha feito para ela. Hera ornou-se, ainda, com joias de ouro e âmbar, e uma touca de três mil peças de minúsculas filigranas douradas.

Hera chamou Afrodite e pediu-lhe a cinta do desejo.

– Pretendo evitar a interferência de Zeus – ela disse.

Afrodite riu e lhe emprestou a cinta. Hera apressou-se a ir ao encontro de Toas, deus do Sono. Toas argumentou que estava com muito medo de tomar partido na luta.

– Zeus me jogará no Caos.

Mas Hera lhe prometeu:
— Ajude-me, e terá uma das Graças como esposa.
Relutante, Toas concordou em ajudar.
Hera foi para Gárgaro, o mais alto pico do Monte Ida. Sabia que Zeus a vira atravessar o mar cretense. Sabia que ele a desejaria, como na primeira vez em que se encontraram, e que Zeus estava perdendo o interesse por aqueles homens que combatiam, lá embaixo, e corriam para todos os lados como formigas sedentas de sangue. Já havia concluído que, mesmo se não interferisse mais, a vitória viria para aqueles a quem protegia. E Hera ostentava uma aparência especialmente encantadora.
Ela sugeriu a Zeus que fossem para algum lugar com mais privacidade.
— Não seremos vistos, Hera, minha querida. Vou encobrir-nos em macias nuvens douradas.
Eles desceram de mãos dadas a encosta e se deitaram lado a lado. Então, Toas rastejou vagarosamente para perto deles e Terra lançou no ar essências de relva fresca, lótus, rosas, açafrão e a gloriosa papoula vermelho-escura.
Zeus adormeceu.

PÁTROCLO VAI À GUERRA

Possêidon a tudo observava e aproveitou a chance. Com sua ajuda e com a força prodigiosa de Ájax e Idomeneu, os gregos rechaçaram os troianos, com suas tochas incendiadas, afastando-os de seus navios e de volta para o fosso. Zeus acordou e ficou furioso quando percebeu o que havia acontecido. Ele fez pender a balança em favor dos troianos, que agora, mais uma vez, começavam vagarosamente a ganhar terreno, aproximando-se dos navios. Heitor lutou de novo contra Ájax.

Aquiles permanecia fechado em seu ressentimento, junto aos barcos de proas altas, enquanto seus guerreiros resmungavam. Eram homens que viviam para lutar.

Então, Pátroclo veio até ele em lágrimas.

– Qual é o problema com você, meu jovem? – Aquiles perguntou para o seu favorito. – Não me diga que você está chorando porque os troianos estão vencendo. Você sabe a ofensa que Agamenon me fez.

– Não estou chorando por eles, mas por você, meu senhor Aquiles. E choro porque você está se comportando como um homem cruel, abandonando os gregos para a eterna escuridão.

Aquiles deu de ombros, com indiferença. Pátroclo continuou:

– Deixe-me usar sua armadura e pegar seus cavalos Xantus e Balius, que correm como o vento. Pelo menos por um momento, os troianos pensarão que é você, e darão a nossos aliados a chance de se recuperar.

Aquiles ficou tocado pela coragem do jovem.

– Você tem minha permissão para isso. Vá pegar minha armadura e se prepare.

Pátroclo riu, então, e começou a prender as correias do bronze brilhante. Com os tachões prateados, ornado de ouro, ele já se parecia com o próprio Aquiles, o Destruidor de Homens. Aquiles falou para seus guerreiros.

– Meus homens, meus lobos guerreiros, chegou a vez de vocês entrarem na luta. Sei que estão furiosos comigo. Agora, vocês têm um trabalho e tanto pela frente. Se os troianos incendiarem nossos navios, estaremos fadados a morrer nesta praia, entre os cascos fumegantes. Vão ao trabalho que conhecem tão bem.

Eles ergueram suas lanças para saudá-lo, e, com Pátroclo no comando, se organizaram em uma fileira fechada. Como um tapete tecido de fios de lã, eles se agruparam e se atiraram na batalha. Corpo a corpo, ombro a ombro, elmo contra elmo, marcharam para a luta.

Heitor os viu, vindo de encontro ao seu exército, e achou que era Aquiles quem estava no comando. O troiano não hesitou. Ele brandiu sua espada contra Ájax, partindo a haste da lança do grego. Ájax e seus homens recuaram, e os troianos começaram a arremessar suas tochas nos navios abertos mais próximos. Em alguns deles, o alcatrão e o cordame rapidamente inflamaram-se e a madeira começou a queimar.

– Pátroclo – dissera Aquiles –, salve os navios e então os faça recuar para Troia. Volte a salvo.

E então começou outra vez.

Zeus, a tudo observando do alto da montanha, atenderia a parte do pedido de Aquiles.

Pátroclo precipitou-se sobre os troianos, afastando-os dos navios, mas, quanto a voltar ileso da batalha... isso já era outra história.

Quando os guerreiros descansados caíram sobre eles, tudo o que os troianos viram foi um homem grande na armadura de Aquiles e, assim como Heitor, acreditaram que fosse o próprio Aquiles. Eles dispersaram-se e fugiram em debandada.

As hordas que entravam agora na luta correram em sua perseguição, aos berros. Assolando, cortando, penetrando, abatendo inimigos, selvagens homens-lobo avançaram. A poeira se levantou sobre eles e, por entre as faíscas e os lampejos do bronze contra o bronze, erguiam-se gritos de homens sendo massacrados e o interminável rugir dos guerreiros, como se uma onda ensurdecedora rugisse sobre a planície em direção aos muros de Troia.

Pátroclo interceptou a retirada dos troianos para a cidade deles, e ia massacrando-os abundantemente, como vingança pelos gregos já mortos. Ele procurava por Heitor no fragor da batalha, mas Heitor tinha cavalos velozes e manteve-se afastado, aguardando um sinal dos deuses.

Pátroclo arremessou-se em seu carro puxado por cavalos que voavam nas asas do vento, para combater as tropas conduzidas por Sarpédon, um herói troiano. Ambos os homens, envergando armaduras completas, saltaram de seus carros. Detiveram-se, um diante do outro, como pássaros que se desafiavam, cabeças altivas, lanças como garras, ameaçando-se mutuamente de morte.

Zeus, sentado ao lado de Hera, olhou para baixo e ficou aflito.

– O que está vendo, meu senhor? – ela perguntou.

– Vejo que Destino não tem piedade. Sarpédon, a quem eu amo, está a ponto de ser morto por Pátroclo. Eu poderia tirá-lo de lá e transportá-lo vivo para Lícia. Ou devo deixá-lo enfrentar sua sina? É duro, Hera, ser todo-poderoso.

Hera deu de ombros.

– Você me assombra. Fica se incomodando em interferir na sorte de um mero mortal? Faça-o, se é o que deseja, mas esteja preparado para outros que vão querer o mesmo de você. Deixe Sarpédon morrer e então deixe a Morte e o Sono levarem-no para casa, para receber um funeral com todas as honras.

Zeus suspirou, e derramou uma chuva de sangue sobre a batalha, enquanto Sarpédon arremessava sua lança. O troiano feriu o cavalo-líder, Pégaso, que tombou e provocou um tumulto entre os demais cavalos.

Pátroclo arremessou sua lança e feriu Sarpédon, acertando-o onde as costelas cobrem o coração. O troiano tombou como um carvalho gigante. Antes de morrer, pediu a seus homens que protegessem seu cadáver da vergonha da captura.

Pátroclo pisou com uma sandália sobre o peito de Sarpédon e arrancou a pesada lança de guerra da carne do homem que agonizava. Os gregos entraram em disputa para roubar a armadura de Sarpédon e profanar seu corpo.

Heitor observava aquele caos, vendo seus homens tentarem escapar do ataque brutal.

Pátroclo já se aproximava das muralhas da cidade e, por três vezes, o deus Apolo precisou rechaçá-lo. Então, avisou a Pátroclo:

– Volte daqui. Troia não será capturada por você, nem por Aquiles, que é de longe um guerreiro muito melhor que você.

Pátroclo recuou uns poucos passos.

Então, o deus cochichou para Heitor:

– Aqui está a oportunidade! Ataque Pátroclo. Mate-o.

Heitor, ignorando outras escaramuças à sua volta, investiu para o combate, perseguindo Pátroclo, que estava usando a reluzente armadura de Aquiles.

O Sol já tinha passado do ponto mais alto. As sombras escuras dos muros troianos assomaram sobre a planície. Mesmo com o anoitecer, grandes homens ainda eram mortos e despojados de suas armaduras e armas.

Pátroclo avançou, como um ensandecido, para onde a luta era mais intensa, e continuava matando insaciavelmente. Coberto de sangue, fincava a lança e estripava homem após homem, mandando-os todos para a eterna escuridão.

Enquanto isso, Heitor ia se aproximando dele.

De repente, Apolo passou junto ao bravo Pátroclo e o feriu nas costas, entre os ombros. Ele tombou ao chão e seu elmo soltou-se, manchado com poeira e sangue. Ele perdeu sua poderosa lança de guerra e Apolo ainda desatou seu brilhante peitoral entalhado.

Pátroclo lutou para se pôr de joelhos e um guerreiro troiano enfiou uma lança entre suas omoplatas. Surpreendentemente, no entanto, seus homens conseguiram rechaçar o atacante e Pátroclo foi se afastando, cambaleante, das bestiais massas de combatentes.

Heitor, vendo a oportunidade, abriu caminho, berrando, em meio ao tumulto que rugia à sua volta. Ele desferiu um golpe no homem, com uma força aterradora, deitando fora suas entranhas. Com um ruído surdo, Pátroclo caiu de joelhos.

Antes de morrer, ergueu os olhos para o rosto cortante de Heitor e disse:

– Não foi você que me matou. Foi a odiosa deusa Destino e Apolo, que me tomou meu peitoral. Mas, ouça-me. Você não terá vida longa. Em breve, morrerá nas mãos de Aquiles, o senhor do vento! Aquiles! Aquiles, filho de Tétis.

E caiu para o lado, rosto voltado para o céu.

Assim morreu Pátroclo.

O LUTO DE AQUILES

Bem nas profundezas, muito abaixo dos corais e distante das brancas areias, o mar se contorceu num redemoinho, a luz cintilou, refletiu-se e se espalhou, enquanto as ondas quebravam nas rochas escuras. Além da orla da terra, em abismos translúcidos de verde-escuro e água prateada, Tétis, mãe de Aquiles, estava sentada, rodeada pelas ninfas das águas. Foi nessas profundezas que escutou um grito de aflição desesperado ecoando sobre o mundo.

Aquiles estava sentado sozinho junto a seu barco de proa escura, quando o filho de Nestor correu até ele pela areia quente, saltou sobre um cabo de âncora e depois sobre uma pilha de remos, e parou diante de Aquiles, sem fôlego. Aquiles ergueu os olhos e viu as notícias nos olhos do garoto.

– Pátroclo está morto! Estão lutando neste momento em volta do seu corpo nu. Heitor ficou com a armadura. Eles juraram levar a cabeça dele e deixar o corpo aos pés dos muros troianos para os cachorros o desonrarem.

Aquiles gritou e, do fundo das águas vinho-escuro em redemoinho, Tétis já estava vindo para confortar seu filho. Ela encontrou Aquiles ajoelhado, dedos fincados na terra, remexendo as cinzas da fogueira e derramando-as sobre a cabeça, em luto, pela morte do amigo.

Tétis tentou erguer a cabeça do filho.

– Meu filho querido, Zeus concedeu uma parte daquilo que você lhe rogou. Os gregos não estão mais encurralados contra seus navios.

– Perdi meu querido amigo, Pátroclo, a quem eu amava tanto quanto amo a vida. Você perdeu um filho.

– Não – ela disse meigamente. – Ainda não, Aquiles querido.

– Vou ao encontro de Heitor, que matou meu amigo, e o matarei. Será o preço que ele pagará.

Tétis estremeceu e chorou.

– Então eu perderei você, porque você está fadado a morrer depois que Heitor for morto. É o seu destino.

Aquiles ergueu os olhos e admitiu não haver cumprido com suas obrigações em relação aos companheiros.

– Sou o melhor guerreiro entre eles, e fiquei aqui, sentado junto a meu barco, como um vigia aleijado. – Ele admitiu que seria melhor se pudesse se acalmar e que a fumaça da ira não exalasse de si. – É como sangue, latejando na minha cabeça, como aconteceu quando Agamenon tirou Briseida de mim.

Ele sentou-se e acariciou os cabelos de sua encantadora mãe.

– Vou ao encontro de Heitor. E farei toda Troia chorar. Não tente me impedir.

– Heitor está usando sua armadura, que foi roubada do corpo de Pátroclo – disse Tétis.

Aquiles deteve-se.

– Você terá uma armadura que nenhum mortal jamais teve. Eu irei aos campos de papoula de Chipre e encontrarei o deus manco Hefesto, que estará junto à sua forja. Ele lembrará de Tétis e fará o que você precisa. Enquanto isso, mostre-se para os troianos. Eles ficarão aterrorizados ao verem-no. Mas você deve me prometer que não desferirá um golpe sequer até que eu volte com o que você precisa.

Lá longe, no pestilento campo de batalha, ao redor do corpo despido de Pátroclo, Menelau, Meríones e Ájax lutavam. Numa breve pausa, Meríones e Menelau se curvaram diante do companheiro morto e o ergueram acima dos ombros. Então, carregaram o cadáver despido e ensanguentado, tirando-o do campo de batalha.

Heitor perseguiu-os como um abutre acossando um pedaço de carne. Eles levavam o corpo de Pátroclo de volta para o amigo Aquiles.

Seguiam com largas passadas, atravessando o rumor ensurdecedor da batalha, protegidos todo o tempo por Ájax e seus soldados, que sangravam, muito feridos. Os guerreiros interrompiam a ocupação sangrenta da guerra quando o corpo de Pátroclo passava por eles. Um silêncio profundo baixou sobre a planície defronte da cidade.

Enquanto desciam à praia, um imenso pássaro revoou sobre suas cabeças.

Por um momento, parecia que o Sol havia desaparecido do mundo.

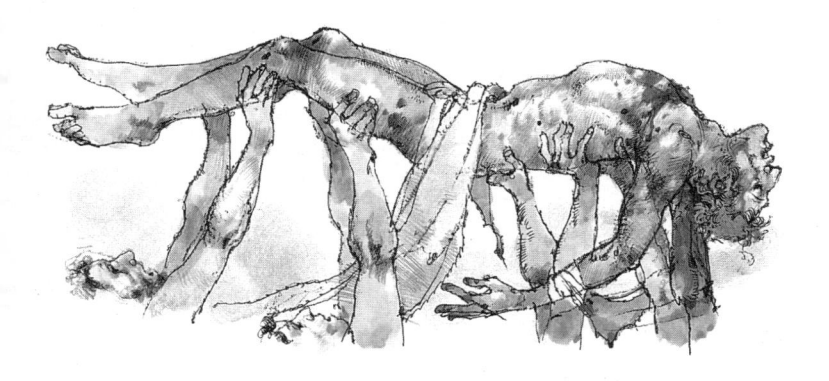

A ARMADURA
DE AQUILES

Quando Hefesto nasceu, aleijado e monstruoso, sua mãe quis abandoná-lo, mas ele foi salvo por Tétis. Agora, ela vinha ao encontro de seu velho amigo, que trabalhava na forja.

– Tétis, Deusa dos Pés de Prata, eu me sinto honrado e você é bem-vinda. Deve descansar um pouco, depois dessa longa jornada.

– Não tenho tempo para isso. Por favor, pare o que estiver fazendo e fabrique uma armadura para Aquiles, meu filho – pediu ela. – Apresse-se.

– Não posso lhe recusar nada – disse Hefesto, colocando a mão enegrecida sobre o braço dela.

Ela lhe sorriu, com os olhos cheios de lágrimas.

O deus-ferreiro virou o rosto sujo de fuligem para a forja e apoiou-se no fole. Enquanto as brasas ardiam, brilhantes, ele escolheu os metais para fazer o peitoral, as grevas da perna e as chapas para cobrir os ombros do poderoso herói – o melhor ouro, estanho, cobre de Chipre, ferro e prata. Ele olhou para Tétis e sorriu, os dentes brancos no suor escuro das faces.

As chamas faiscavam enquanto ele revirava as barras de metal nas brasas ardentes.

Na praia, perto de Troia, Aquiles preparou o corpo de Pátroclo para os ritos funerários.

– Protejam-no com ervas e vistam-no com uma túnica branca. Depositem suas lanças e espadas junto a seus pés. Ergueremos uma grande pira e lá o deitarei com todos os seus pertences e o queimarei até os ossos. Eles descansarão em paz, em seu lar. Mas não antes de eu ter destruído Heitor, que o matou.

No campo de batalha, os troianos, estimulados pela morte de Pátroclo, empurravam para trás os gregos. Aquiles, lembrando-se de que sua mãe tinha lhe dito para se exibir aos inimigos, foi para o topo da paliçada de madeira.

Lá, sozinho, postou-se de pé, um homem imenso com os longos cabelos voando ao vento. Não tinha nem espada nem lança nas mãos. Não tinha armadura nem o cinturão de combate ao redor da cintura. O Sol estava descendo às suas costas, enquanto ele observava o campo de batalha e chamava por seu inimigo, em desafio.

– HEITOR!
Vendo sua silhueta contra o Sol vermelho, os troianos ficaram atemorizados.
– HEITOR!
O Sol se pôs e o mar incendiou-se como fogo. Hefestos terminou a armadura. Tétis maravilhou-se com a beleza que o feio gigante havia criado. No escudo, estavam gravadas as faces da Terra, do Sol e da Lua. Na beirada, estendiam-se as constelações. O peitoral, o escudo e a espada de lâmina grande eram gloriosos.

Tétis pegou a armadura e trouxe-a para Aquiles, com dor no coração. Se Heitor morresse, também morreria seu filho mais amado.

Os troianos sussurravam entre si, sentados ao redor das fogueiras. Haviam enxergado Aquiles e temiam o que o dia seguinte lhes traria.

Heitor falou.

– Mesmo que ele agora se junte à batalha, seria tarde demais. Seus homens estão exaustos. Os deuses estão contra eles, e estão comigo. Troia não cairá – Heitor prometeu. – Não temo ninguém. Ninguém. Nem vocês deveriam temer.

Ele permaneceu lá, cintilando dourado à luz bruxuleante das fogueiras. Os soldados o encorajaram, e ele os mandou jantar, com a seguinte promessa:

– Nós atacaremos e os destruiremos.

Briseida mudara-se dos navios de Agamenon para o de Aquiles. Ela estava admirando a armadura do herói. As chamas das fogueiras faziam as figuras gravadas parecerem vivas. E a armadura ajustava-se a ele com perfeição. Aquiles, maravilhado, disse:

– Vou fazer as pazes com Agamenon. Voltarei à guerra.

AQUILES E HEITOR

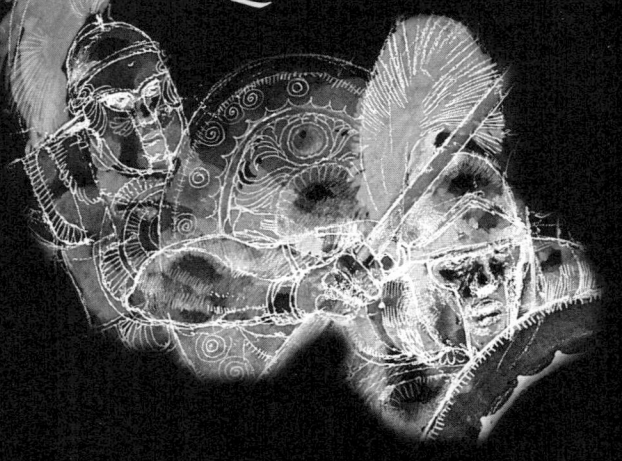

O amanhecer revelou as figuras adormecidas do exército troiano, espalhadas sobre a planície. O Sol devorou as sombras dos navios gregos, estacionados na areia, muito altivos, ao longo da praia. A luz avançava pouco a pouco na areia fria e sobre as sombras projetadas pelos poderosos muros. Os homens se movimentavam, soprando as pequenas fogueiras para avivar as chamas, aquecendo os corpos entorpecidos, mãos e pernas geladas, e olhando ao redor. Todos sabiam, no fundo de seus corações, que, se sobrevivessem, se lembrariam desse dia para sempre.

A luz pálida ficou mais forte, fragmentando-se no oceano sempre em movimento. Os homens começaram a recolher espadas, escudos, peitorais.

Aquiles saudou o Sol, orou junto ao esquife com o corpo de Pátroclo e saiu para a luz do dia, que ia se intensificando. Ele reuniu os homens. Ulisses chegou mancando, junto de Diomedes, usando lanças como muletas. Agamenon também atendeu ao chamado, sentando-se um pouco afastado. Ficaram todos maravilhados com a armadura que Aquiles usava. O sol batia em cheio sobre o peitoral de bronze e prata. Aquiles falou:

— Meu senhor Agamenon, esta matança se prolongou demais. Hoje, eu voltarei para a batalha.

Fez-se um momento de silêncio, então os homens, com os corações reanimados pelo que tinham ouvido, gritaram, em aprovação, batendo os cabos das espadas nos escudos, como se fossem tambores de guerra. Aquiles estava de volta.

No que o ruído cessou, Agamenon ergueu-se e falou:
— Meu juízo foi privado de visão. Isso foi obra de Zeus, da deusa Destino e da minha própria raiva. Você deveria saber, Aquiles, que o que lhe foi reservado o será para nós também. Briseida, que foi trazida a mim contra sua vontade, já retornou.

Os homens começaram a se animar de novo, e Aquiles estendeu a mão.

— Agamenon, Rei dos Homens, estamos aqui perdendo tempo quando já devíamos estar na batalha. Digo que vamos lutar e que tomaremos Troia, com suas poderosas torres, recuperaremos a encantadora Helena e teremos a pilhagem que a cidade promete. Eu matarei Heitor e deixarei seu corpo para servir de carniça para os corvos e cães.

Mais uma vez, os soldados bradaram, em aprovação.

Ulisses ficou de pé, apoiando-se na extremidade da lança de combate.

— Nossos homens precisam se alimentar antes de lutar, Aquiles. Não têm a sua força e precisam de comida e bebida para se lançarem ao combate. E seria conveniente fazer um sacrifício aos deuses, Agamenon, Rei dos Reis.

Enquanto os soldados comiam e bebiam um pouco de vinho, Agamenon levou um javali negro para junto do mar e sacrificou-o com sua espada de lâmina de bronze.

O exército se reuniu. Altos elmos e penachos com plumas róseas, lanças de combate de largas lâminas presas a fortes hastes feitas de madeira de freixo, escudos de fogo na luz da manhã. Assim armados, vieram em marcha pelas praias e subiram para a planície.

Em Troia, escutaram os pés marchando, o estrondo das espadas golpeando os escudos. Do alto das muralhas da cidade, o rei Príamo a tudo observava, acompanhado pela mulher de Heitor, Andrômaca, e Helena, por quem os exércitos morriam. De lá, viram os carros de guerra e os cavalos empinados, avançando, os exércitos marchando sob o estrondo dos cascos e o rufar dos tambores de guerra.

Próximo à cidade, o exército de Troia deparou-se com o inimigo e viu o rosto sombrio, implacável de Aquiles vindo em direção a eles, no seu carro. Ele tinha nos olhos inflamados o brilho de quem traz a morte.

Aquiles levantou sua lança e gritou para a horda que bramia:

– Sei que estou fadado a morrer aqui. Mas isso não me fará recuar. Nada me deterá até que eu tenha dado a esses troianos tudo o que lhes reserva esta guerra sangrenta... Agora, meus camaradas... ATACAR!

Os gregos caíram sobre o exército troiano e Aquiles saiu à procura de Heitor em meio ao caos.

Zeus, assistindo a tudo, apressou-se a dar aos deuses a permissão para se juntarem ao lado que preferissem. A seguir, recostou-se no seu trono, sorveu um gole de ambrosia de uma taça dourada e ficou observando os exércitos em fúria.

Hera e Atena correram para se reunir aos gregos. Possêidon, o Fazedor de Ondas, e Hefestos juntaram-se a elas, e assim também fez Hermes, o Benfazejo.

Ares, Ártemis e Afrodite foram em auxílio dos troianos.

Os dois exércitos se atracaram, como animais buscando fincar as garras na garganta do oponente. O solo e as montanhas estremeceram. Mesmo no Reino Subterrâneo, o Rei da

Morte ficou aterrorizado com o estrépito do embate de braços e homens.

Aquiles virou-se para seus homens e os empurrou à frente. Então, disparou a correr pelo campo de batalha, sedento de matar, e a terra à sua volta se cobriu de poças de sangue negro e pegajoso.

As rodas dos carros faziam espirrar o sangue do solo, cobrindo os flancos dos cavalos, as rodas e as laterais do carro de Aquiles, enquanto ele fazia despencar a morte sobre qualquer um que ousasse se pôr em seu caminho.

Heitor alardeou que não tinha nenhum medo de se deparar com Aquiles, mas, já aí, os gregos pressionavam os troianos a recuar até os muros da cidade.

Bem acima dos portões principais, o rei Príamo observava, horrorizado, enquanto a matança prosseguia contra as próprias pedras dos muros de Troia. Ele viu seu amado filho Heitor tentando reanimar os homens. Helena, também na muralha, procurava por Páris e não o via.

O rei Príamo ordenou que os portões da cidade fossem abertos para permitir aos troianos recuar. Aquiles acuou-os, obrigando-os a retornar para o interior da cidade e, em dado momento, acreditou ter visto Heitor.

O herói grego saiu em perseguição a Heitor, permitindo assim que o exército troiano atravessasse, num turbilhão espremido, os imensos portões. Com os troianos a salvo, Apolo revelou-se. O deus havia se disfarçado como Heitor. Furioso, Aquiles voltou-lhe as costas e correu de volta para a cidade.

O rei Príamo, observando-o em meio à corrida, ficou deslumbrado por Aquiles e sua armadura de bronze. Andrômaca viu seu marido fora dos muros, e em perigo diante de Aquiles, o de pés ligeiros.

Príamo gritou para seu filho não lutar contra aquele homem sozinho.

– Ele é um selvagem, Heitor. Venha para a cidade, venha confortar sua esposa e seu filho. Tenha compaixão por mim e não jogue fora sua vida. Se aquele homem conseguir entrar na cidade, todos nós seremos escravizados ou mortos. Não fica bem para um homem velho ser deixado para os cachorros, que irão profanar sua nudez. Volte para a cidade, Heitor... Venha!

Príamo não parava de gritar, mas Heitor não lhe deu ouvidos.

Então, foi a vez de sua mãe apelar a ele, aos gritos, e depois sua esposa.

Imóvel, o poderoso Heitor aguardava a figura que vinha correndo em sua direção, chegando cada vez mais perto. Ele pensou: "Se eu for para a cidade, serei chamado de covarde pelas piores pessoas entre os gregos. Tenho de ficar e lutar".

Aquiles, o de pés ligeiros, estava quase sobre ele. O grego parecia em chamas, o sol batendo na armadura de bronze e jatos de luz refletindo-se nas pontas de suas lanças e na lâmina da espada, como línguas de fogo.

Então, ainda com Aquiles correndo para ele, Heitor voltou-lhe as costas e fugiu da fúria grega, contornando os muros da grande cidade. E, se Heitor saiu correndo, foi por acreditar que Aquiles, por muito tempo ausente dos esforços da batalha, logo se cansaria. Mas Heitor esquecera que Aquiles, conhecido como Pés Ligeiros, podia vencer cavalos numa corrida.

Duas voltas eles deram nos muros da cidade, até que, uma vez mais, Atena surgiu para Aquiles e lhe disse que era hora de deter-se e lutar.

– Recupere seu fôlego, Aquiles – disse ela e, então, foi até Heitor para persuadi-lo de que era hora de enfrentar a deusa Destino, e lutar.

– Aquiles – chamou o ofegante Heitor –, não correrei mais. Eu lutarei e o matarei ou serei morto. Podemos, contudo, entrar num acordo entre nós e nossos deuses? Se Zeus me permitir matá-lo, prometo que nenhum ultraje será feito a seu corpo. Tudo o que eu farei será despojá-lo de sua armadura e entregarei, intocado, seu cadáver a seus homens. Você fará o mesmo comigo?

Aquiles não podia crer no que ouvia.

– Você deve estar louco. Eu preferiria comer o coração de minha mãe a fazer acordos, sejam quais forem, com você. Não descansarei até que seu sangue alague os portões de Troia. Você deve pagar o preço por matar meus amigos.

Aquiles arremessou sua lança.

Heitor esquivou-se e, no que a lança zumbia, sem atingi-lo, ele zombou de Aquiles.

– Você não tem praticado a pontaria, Aquiles. Você nada mais é do que ar quente e uma armadura bonita. Tome isso, e engula-a.

Heitor tomou impulso para trás, com sua comprida lança, e impeliu-a com força, adiante, com pontaria certeira, atingindo em cheio o escudo de Aquiles. A lança curvou-se na protuberância do bronze. Aquiles não foi ferido. E ele tinha outra lança.

Heitor não tinha uma segunda lança. Ele puxou a espada de lâmina de bronze e atacou.

Aquiles protegeu-se com o escudo, procurando uma brecha para enfiar a lança no inimigo. Havia uma abertura na armadura de Heitor, logo abaixo do queixo. Aquiles dirigiu a lança de guerra para o diminuto alvo e o impetuoso Heitor foi transpassado. O troiano tombou como um touro na terra sangrenta aos pés de Aquiles.

Aquiles baixou os olhos para o inimigo que se contorcia, enroscando-se e contraindo-se em torno da lança que agora o fixava à terra.

– Você matou meu amigo Pátroclo, então deve pagar por isso. Os cachorros e as aves de rapina, que apreciam carniça, estarão mastigando suas tripas enquanto Pátroclo estiver queimando na pira, com a devida reverência aos deuses.

Heitor, sufocando, atravessado pela ponta da lança, implorou a Aquiles que tivesse misericórdia e deixasse seu pai,

Príamo, resgatar seu corpo, para que sua esposa e sua mãe pudessem lhe dar um funeral honrado.

Aquiles recusou a súplica do inimigo.

– Você servirá de alimento para os cães, aqui mesmo, sob os muros de sua própria cidade.

Heitor lembrou-o de que ele morreria, algum dia, e os deuses não esqueceriam o que fizera a Heitor, filho de Príamo, rei de Troia.

Aquiles riu na cara dele.

Heitor contorceu-se mais uma vez, sob a lança, e morreu.

Aquiles, para vergonha de Heitor, pegou uma faca, abriu a carne de detrás dos tornozelos do homem morto, atravessando-os, enfiou uma correia pela ferida, e amarrou uma corda à correia, prendendo a corda na traseira de seu carro.

A mãe de Heitor, seu pai e sua esposa viram Aquiles conduzir o carro três vezes ao redor dos muros da cidade, puxando Heitor morto, sua cabeça resvalando seguidamente sobre a areia e as pedras. O rei Príamo, olhos fixos no que ocorria abaixo dos muros de pedra, chorava. Ele viu soldados gregos correrem e se maravilharem com o tamanho e a beleza do poderoso Heitor. Todos eles, despudoradamente, aplicavam pontapés no cadáver despido do herói, enfiavam em seu corpo espadas ou lanças e zombavam dele.

Andrômaca uivava, selvagemente, toda a sua dor, vergonha, raiva, e todo seu horror por saber que o marido morto não seria adequadamente lavado, preparado, nem se fariam as devidas orações por ele.

Ela soltou os cabelos, deixando-os cair sobre o rosto enquanto ajoelhava-se no chão. Pegou um punhado de terra e derramou sobre a cabeça ensombrecida. A seguir, rasgou as faces com as unhas compridas, para marcá-las de sangue, pegou outro punhado de terra e esfregou no rosto, enquanto gritava:

– Heitor! Eu queimarei os trajes com que você deveria ser enterrado, que estão guardados numa arca perfumada em nossa casa... Você esperará despido pelo trabalho dos vermes e pelos cães que virão devorá-lo. Seus filhos não mais terão pai e eu, nenhum protetor...

Junto aos portões da poderosa cidade, Andrômaca permaneceu, escavando o solo escuro com as unhas ensanguentadas, vezes sem conta derramando terra sobre a cabeça.

E o Sol caiu atrás dos altivos navios, para além da planície, e da cidade de luto.

ZEUS ENTRA NA BATALHA

Pela manhã, os portões da cidade permaneciam trancados e, mais abaixo, nas areias da praia, os orgulhosos navios permaneciam estacionados, com escoras em suas quilhas. Era como se o mundo sem Heitor tivesse mudado e até os deuses estivessem descansando. O mar estava sereno, exceto por uma diminuta ondulação na orla, que suavemente se erguia para logo a seguir decair – como se estivesse respirando. Aquiles voltou os olhos para as lonjuras do mar, lamentando a morte do amigo. Uma companhia de homens e mulos procurava pedaços de madeira trazidos pelo mar e toras. Altos carvalhos eram derrubados, rachados e arrastados para o litoral, até onde estava Aquiles. O corpo de Pátroclo foi trazido em procissão, embalsamado, perfumado com doces aromas e colocado sobre a pira. Ao redor dele, oferendas eram dispostas. Ânforas com duas asas, contendo mel e óleo, quatro cavalos e dois dos cachorros do morto foram colocados junto a ele. Então, Aquiles fez algo terrível. Matou doze bravos troianos, feitos prisioneiros, enviando-os assim para a mesma jornada, e colocou os corpos sobre a pira.

Os deuses mandaram um vento sequioso avivar o fogo. A fumaça, elevando-se em espirais, podia ser vista de dentro de Troia.

Aquiles prometera entregar o corpo de Heitor aos cães, e teria feito isso, se Afrodite não tivesse protegido o cadáver com óleos perfumados e ocultado-o numa névoa que, trazida do mar, subia até o céu pálido e alcançava o Olimpo, onde Apolo queixava-se a Zeus.

– Todas as manhãs, Aquiles se levanta, põe os arreios nos cavalos e sai com o carro, arrastando o corpo de Heitor ao redor do monumento que ergueram em homenagem a Pátroclo. É vergonhoso.

Hera tentou argumentar que isso não tinha importância, e que Aquiles, filho de uma deusa, poderia fazer o que quisesse, mas o Fazedor de Trovão vociferou:

– Não, quando eu digo que ele não deveria fazê-lo.

Zeus mandou chamar Tétis.

– Diga a seu filho que, se ele se recusar a devolver o corpo de Heitor para Príamo, seu pai, sentirá a minha fúria. Lembre a ele – Zeus murmurou cruelmente – que não tem muito tempo de vida.

O trovão ribombou sobre os topos da montanha e relâmpagos riscaram o céu, no que

Tétis se apressou a ir ao encontro de Aquiles, que estava à beira d'água, atirando pedras no mar.

– Aquiles – ela o chamou –, não o dignifica tratar o corpo do nobre Heitor desse jeito.

Aquiles voltou-se para ela, irritado.

– Você deve escutar sua mãe. Zeus está furioso. Dê uma olhada na água e veja. – Ela apontou o reflexo dos terríveis relâmpagos. – Zeus ordena que você aceite o resgate oferecido pelo rei Príamo.

Por sobre as águas, um trovão cortava o céu de um lado a outro. Aquiles assentiu, baixando a cabeça.

– Muito bem. Se é o que eu devo fazer, então será feito.

Ele suspirou e ergueu a cabeça. Os relâmpagos cessaram, o trovão silenciou-se, e uma suave brisa soprou do mar.

UM ANCIÃO CORAJOSO

Em Troia, no palácio do rei Príamo, escutava-se um único rumor constante, de mulheres chorando. Andrômaca permanecia sentada, imóvel, em seu quarto, olhando para a parede, lágrimas correndo no rosto manchado e sangrando.

A mãe de Heitor estava sentada no terraço, junto à janela, e recusava-se a comer ou beber e até mesmo a falar com seu abatido marido, o rei Príamo. Os filhos de Heitor apenas observavam tudo, trocando cochichos vez por outra.

Finalmente, o rei Príamo adormeceu.

Íris veio até ele no sonho com uma mensagem de Zeus:

– Príamo, saiba que Zeus quer que você recupere o corpo de seu filho. Tenha coragem, leve bons presentes ao herói grego e você o conseguirá. Vá sozinho.

Príamo agitou-se em seu sono. Zeus prosseguiu:

– Leve um velho servo para conduzir a carreta com os presentes, e que o veículo seja largo o bastante para trazer, na volta, o corpo de seu corajoso filho. Você terá a proteção de Hermes até alcançar a tenda de Aquiles. Depois disso, estará por sua conta, a sós com ele. Ele não o matará. Tampouco outra pessoa o fará. Aquiles teme Zeus. Príamo acordou e anunciou à sua família:

— Vou descer até os navios gregos para pedir a Aquiles que me entregue o corpo de Heitor.

A família ficou aterrorizada, temendo que ele fosse ferido, mas Príamo recusou-se a escutá-los. Ele reuniu seus melhores trajes e bens domésticos, os melhores potes de cozinha, uma taça adornada de pedras preciosas da Trácia, assim como baixelas de ouro.

Os cidadãos troianos lhe disseram que era louco por acreditar que Aquiles não o mataria. Príamo ergueu seu bastão e ordenou-lhes que deixassem o palácio.

— É meu filho. Vão embora! Vão tratar de suas próprias vidas. Se estou fadado a ser morto por Aquiles, então morrerei satisfeito, junto a meu filho. Apenas deixem-me fazer o que tenho de fazer.

E a seguir voltou-se para seus outros filhos.

— Preferia que todos vocês estivessem mortos, e Heitor ainda vivesse. Três corajosos filhos eu perdi nesta guerra. Mestor, Troilo, que combatia sobre um carro, e agora o divino Heitor.

O rei Príamo olhou ao redor e viu Páris ao lado de Helena.

— Páris, encha a carreta com os tesouros. Daí, então, irei até os gregos. Não posso suportar vocês diante de meus olhos.

Tão logo a carreta foi carregada com o resgate, a esposa de Príamo aproximou-se com uma taça de ouro, cheia do mais fino vinho, de modo que ele pudesse fazer uma libação a Zeus, para retornar ileso.

— Não quero que você me deixe, marido. Mas, se precisa fazer isso, por favor, rogue a Zeus, filho de Crono, pedindo-lhe que um sinal seja enviado, enquanto você se dirige às linhas gregas.

Príamo derramou a libação e fez a súplica. Zeus escutou suas palavras.

Quando os portões da cidade se abriram, e Príamo e seu velho criado saíram sozinhos na carreta puxada por mulos, Zeus enviou uma águia caçadora, que pairou bem alto, no céu que escurecia, como um bom presságio.

O Sol estava caindo para além da beirada do mundo quando Príamo aproximou-se dos navios gregos. Era sem dúvida algo perigoso para o ancião e seu criado. Eles pararam para descansar os mulos e deixá-los matar a sede. Um homem surgiu das sombras. Como poderiam saber que era o deus Hermes, enviado para garantir sua segurança?

Príamo disse-lhe que estavam procurando por Aquiles, e Hermes concordou em escoltá-los. Seguiram caminho, então, até as linhas, invisíveis para as sentinelas e os guerreiros gregos, até alcançarem a tenda de Aquiles. O velho Príamo esticou o corpo, desceu do carro e caminhou em direção à tenda. Hermes afastou a aba da entrada e permaneceu no vão, enquanto o vulto encapuzado passava.

Aquiles estava se banqueteando quando Príamo apareceu à luz da fogueira que assava a refeição, e com passadas largas apresentou-se. Para assombro dos que estavam ali, o ancião imediatamente ajoelhou-se diante de Aquiles e beijou suas mãos – mãos que tinham massacrado seus filhos.

– Aquiles, pense no seu pai e no que ele teria sentido se estivesse no meu lugar. Tive o melhor dos filhos e já nenhum que mereça este nome me restou. Eu me humilhei, beijando as mãos que mataram meus filhos. Certamente, isso deve ser o bastante.

Relembrando seu próprio pai, Aquiles pôs de pé a figura encurvada e chorou tanto quanto Príamo chorava. Então, falou com afeto ao velho homem:

– Ter se arriscado a vir aqui sozinho mostra quem fez

Heitor ser quem foi. Homens são criaturas mesquinhas e os deuses se asseguram de nos fazer sempre sofrer. – Ele sorriu gentilmente para o ancião. – Lembre-se, senhor, que chorar por seu filho não o trará de volta e que você tem a vida pela frente. Por favor, sente-se e tome vinho conosco.

Príamo recusou a oferta generosa, mas insistiu que Aquiles aceitasse o resgate que havia trazido.

Aquiles respondeu:

– Príamo, eu já decidi que seu filho voltará com você.

E aconteceu como Aquiles prometeu. O rei Príamo trouxe o bravo Heitor para Troia e lá seu corpo foi preparado por sua triste esposa Andrômaca. Ela espalhou doces óleos no corpo do marido. Sua mãe juntou-se a ela, e também as irmãs. Então, o corpo foi levado para a pira.

Concordou-se que nenhum ataque seria empreendido enquanto a pira queimasse, nem quando os ossos brancos fossem colocados numa urna de ouro, deitados numa cova abaixo de um monumento de imensas pedras que os troianos ergueram fora das poderosas muralhas.

Mas, no duodécimo dia após a cerimônia, Aquiles conduziu seu carro em direção à cidade e, atrás dele, vieram os guerreiros.

A guerra começou novamente.

EPÍLOGO

O cerco continuou. Aquiles espalhou o terror em meio ao inimigo e comandou seus homens em ataques à região rural, próxima à cidade. Os troianos permaneceram atrás de seus muros. Dispunham de comida suficiente e água fresca; o que lhes faltava era um herói para dar-lhes esperança.

Príamo mandou mensageiros a seu meio-irmão, pedindo-lhe que enviasse o filho dele, Mêmnon, da Etiópia. E Mêmnon apresentou-se. Alto e corajoso como um leão caçador, ele concordou em combater os gregos em troca de presentes à altura da tarefa. E foi este guerreiro quem devolveu a coragem aos troianos, que logo deixaram, aos brados, a proteção da cidade, surpreendendo os gregos e quase alcançando, desta vez, com suas tochas, os navios ancorados na praia.

Aquiles estava fora, quando Tétis lhe trouxe as notícias. Mêmnon tinha desafiado os gregos a indicar um guerreiro que o enfrentasse em combate corpo a corpo. E o corajoso filho do rei Nestor, um amigo de Aquiles, tinha sido massacrado pelo etíope. Aquiles voltou às pressas para Troia, onde Ájax estava prestes a enfrentar-se com Mêmnon.

Ájax, de mil batalhas, e Mêmnon se encontraram diante dos portões de Troia. Mêmnon usava um elmo preto, carregava uma lança de guerra com uma ponta de lâmina afiada e uma espada longa de bronze. Ambos os guerreiros cravaram os olhos um no outro, aguardando o sinal.

Aquiles disparou em seu carro pela planície aberta, já em armas para o combate.

Zeus olhou para baixo, segurando os pratos da balança que ditava a vida e a morte.

Páris, sem que os gregos o vissem, estava agachado por trás de seu escudo, observando a planície empoeirada, e nesse momento preparou seu arco. Ele aguardou até Aquiles saltar do carro, para conversar com Ájax.

– Mêmnon é meu, Ájax. Ele matou meu amigo, o filho de Nestor, amigo de meu pai. Reivindico o direito de lutar com ele.

Páris sorriu e apanhou três flechas de sua aljava.

Ájax afastou-se e Aquiles tomou seu lugar.

Mêmnon foi o primeiro a arremessar a lança, que bateu no escudo de Aquiles, resvalou na protuberância de bronze e fincou-se, inclinada, no chão.

Páris encaixou uma flecha no arco.

Aquiles aproximou-se de Mêmnon, curvou-se para trás, o braço totalmente estendido, e arremessou a lança com toda a força, mirando o pescoço do etíope.

Com um toque, Apolo desviou a sibilante lança para o lado, salvando a vida de Mêmnon.

Os dedos de Páris apertaram-se no arco, esperando vingar seu irmão Heitor.

Zeus colocou um peso na balança da vida e da morte. E ela pendeu, sentenciando um dos lutadores a uma pronta jornada para o Mundo Subterrâneo.

Mêmnon avançou rapidamente para Aquiles, a espada

pronta. Aquiles fintou para a esquerda, então para a direita e, rápido como nunca, investiu diretamente sobre o guerreiro. Sua espada encontrou um espaço entre o peitoral e o cinto de prata, cravando-se com facilidade no músculo e nas entranhas do guerreiro gigante, cujo corpo escorregou pela lâmina de Aquiles. Mêmnon tombou como um touro abatido num matadouro.

Aquiles voltou as costas para Troia e ergueu o braço em triunfo.

Vendo sua oportunidade, Páris fez voar sua flecha. Ela fluiu no ar como voa um falcão para dar o bote mortal – sem remorso, furioso, sem desvios. Então, começou a mergulhar em direção ao solo e perdeu impulso. Mas ainda voava, direta e mortífera.

Aquiles recebera proteção das armas dos homens, quando sua mãe o mergulhara nas águas escuras do rio Estige. Agora, a flecha encontrou aquele único ponto que os dedos de Tétis tinham coberto, deixando-o intocado pelas águas tumultuosas. A flecha atingiu em cheio o calcanhar de Aquiles, matando-o.

Assim, Aquiles morreu nas mãos de Páris, que tinha tomado para si Helena e causado a guerra – Páris, a quem Heitor tinha chamado de mulher.

Com Aquiles se foi toda a esperança para os gregos. Agamenon mais uma vez propôs que partissem, tomando o rumo de casa e abandonando a cidade de largas ruas.

Foi Atena que sugeriu uma solução astuciosa e definitiva para o cerco.

– Tudo o que os gregos têm a fazer é entrar na cidade e abrir os portões para permitir aos guerreiros, selvagens como lobos, entrar e dar vazão à sua ânsia de pilhar e destruir Troia

– ela disse a Hermes. – Diga a Agamenon para dar ouvidos quando alguém vier procurá-lo com uma ideia para abrir esses portões fechados e protegidos por barras de metal.

E Agamenon deu ouvidos ao astucioso Panopeu. Ele propôs que construíssem um imenso cavalo de madeira, e enchessem-no com os homens mais corajosos. Então, fingiriam partir nos navios e persuadiriam os troianos de que o cavalo era uma oferenda aos deuses, deixada pelos gregos.

Posteriormente, Ulisses alegou que a ideia fora sua. Ninguém pôde contestá-lo, visto que todos os que estavam em Troia na época já haviam morrido, fosse em Troia ou na volta para casa. Ulisses nunca vacilava em reivindicar honrarias. Mas era um homem corajoso e aceitou se esconder no cavalo de madeira com vinte e três homens armados.

O cavalo foi arrastado para um lugar em que ficaria bem à vista de Troia. Então, Agamenon incendiou o acampamento grego, e mandou todos os navios zarparem.

Quando a manhã irrompeu, os troianos vieram para o litoral cheios de curiosidade. Os navios tinham partido. O cerco tinha acabado, e eles comemoraram. Encontraram ainda um homem catando o que fora deixado para trás no acampamento. E esse homem lhes contou que os gregos tinham feito oferendas aos deuses e que o cavalo de madeira era uma dessas oferendas. Os gregos haviam dito que o cavalo deveria permanecer no campo de batalha.

Os troianos discutiram entre si sobre o significado do cavalo. Alguns viam-no como uma ameaça. Mas, finalmente, levaram-no para a cidade, fecharam os portões à noite como era o costume e, pela primeira vez em dez anos, dormiram sem medo de um ataque grego.

Da barriga do cavalo de madeira, saíram sorrateiros os soldados gregos para as ruas escuras da cidade que dormia. Dois homens subiram nos parapeitos, enquanto o resto corria para os portões principais dos muros de grandes pedras.

Os homens, nos parapeitos, acenderam uma fogueira. Agamenon a avistou, de longe, no mar, e ordenou que a esquadra voltasse para a baía, sob a cidade que dormia.

Os portões estavam destrancados e abertos, para receber as tropas de Agamenon. Menelau e Diomedes vieram acompanhados de Ájax. Todos os heróis sobreviventes acorreram feito famintos e se reuniram a Ulisses, dentro de Troia.

Os gregos saquearam Troia, pilharam ricos, massacraram homens e rapazes, escravizaram crianças e mulheres. Uma espessa cortina de fumaça cobriu toda a paisagem.

Então a esquadra, depois de dez anos distante de sua terra, navegou de volta pelo mar sangue-escuro. Poucos conseguiram chegar a seus lares.

Mesmo o astuto Ulisses somente retornou à sua Ítaca depois de vagar dez anos, perdido, e sofrendo enormes atribulações. Mas essa já é outra história.

As muralhas de Troia permanecem lá, camadas e camadas de cinzas e entulhos, antro de aves de rapina. De Troia foram trazidos muitos tesouros: ouro, pedras preciosas, espelhos de bronze, baixelas de ouro, braceletes delicados e coroas com filigranas...

Por vezes, na noite, o vento uiva sobre a planície. Dizem que são os espíritos daqueles que morreram e deixaram seu sangue na terra de Troia.

GLOSSÁRIO DOS PERSONAGENS PRINCIPAIS

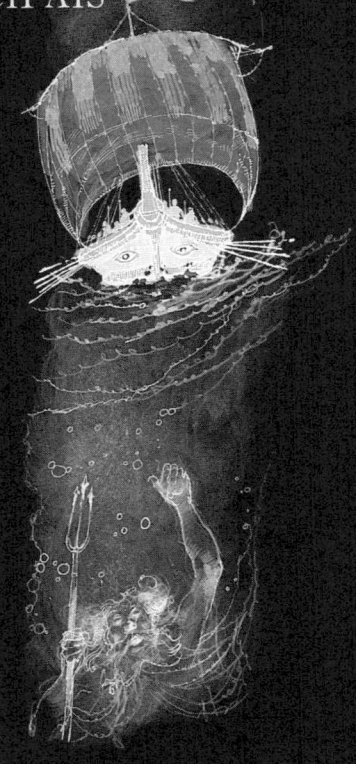

OS GREGOS E SEUS ALIADOS

AQUILES: filho de Peleu e Tétis, comandante dos mirmidões.
AGAMENON: rei de Micenas, irmão de Menelau.
ÁJAX: comandante aqueu do contingente salamino.
CALCAS: profeta aqueu, filho de Testor.
QUÍRON: o mais humano dos Centauros (parte homem, parte besta), curandeiro e professor, amigo de Aquiles e Peleu.
DIOMEDES: rei de Argos.
EURÍPILO: rei de Cós.
HELENA: filha de Zeus, esposa de Menelau, amante de Páris.
IDOMENEU: comandante aqueu dos cretenses.
MACÁON: comandante dos tessálios.
MENELAU: marido de Helena, irmão de Agamenon.
NESTOR: aqueu, rei de Pilos.
ULISSES: soberano de Ítaca.
PANOPEU: aqueu que teve a ideia do cavalo de Troia.
PÁTROCLO: aqueu, amigo de Aquiles, morto por Heitor.
PELEU: pai de Aquiles, rei dos mirmidões.
TEUCRO: mestre arqueiro.

OS TROIANOS E SEUS ALIADOS

ENEIAS: filho de Afrodite, comandante dos dardâneos.
AGESILAU: pastor troiano que criou Páris.
ANDRÔMACA: esposa de Heitor.
BRISEIDA: filha de Briseu, prisioneira de Aquiles.
QUERSIDAMA: troiano morto por Ulisses.
CRISEIDA: filha de Crises, prisioneira de Agamenon.
CRISES: sacerdote de Apolo, pai de Criseida.
DÓLON: batedor do exército troiano.
ÊNOMO: co-comandante dos mísios.

HEITOR: filho de Príamo e Hécuba, comandante supremo dos troianos.
IFÍDAMAS: trácio morto por Agamenon, filho de Antenor.
MÊMNON: rei da Etiópia, sobrinho de Príamo.
PÁRIS: filho de Príamo e Hécuba.
PRÍAMO: rei de Troia, pai de Heitor e Páris.
RESO: rei da Trácia, aliado dos troianos.
SARPÉDON: aliado dos troianos.

DIVINDADES
AFRODITE: deusa do amor, mãe de Enéas.
APOLO: deus do Sol, filho de Zeus e Leto, irmão gêmeo de Ártemis, principal divindade ao lado dos troianos.
ARES: deus da guerra.
ÁRTEMIS: deusa da caça, filha de Zeus e Leto, irmã gêmea de Apolo.
ATENA: deusa da guerra e da sabedoria.
DESTINO(S): potentes figuras sombrias das quais se diz que controlam o destino dos mortais.
HADES: Senhor do reino dos Mortos, o Mundo Subterrâneo, um irmão mais velho de Zeus.
HEFESTO: deus do fogo.
HERA: rainha dos deuses, esposa e irmã de Zeus.
HERMES: deus, mensageiro dos deuses.
ÍRIS: deusa, mensageira dos deuses.
POSSÊIDON: deus do mar, o outro irmão mais velho de Zeus.
TÉTIS: deusa do mar, esposa de Peleu, mãe de Aquiles.
ZEUS: REI DOS DEUSES.